COLLECTION D'AVENTURES 45

LE CADET DE CRÈVECŒUR

COLLECTION D'AVENTURES, 3, Rue de Rocroy, Paris (10e)

472

Collection d'Aventures

Le volume : 45 centimes.

TITRES DES VOLUMES PARUS

258. **La Maison des Fous** .... ALBERT PAJOL.
259. **L'Explorateur Fantôme** .... G. CHOQUET.
260. **Le Cratère du Diable** .... G. CHOQUET.
261. **Le Triomphe de l'Aile** .... G. CHOQUET.
262. **Les Chevaliers de la Forêt** .... J. ALEYRAC.
263. **Le Spectre vivant** .... J. ALEYRAC.
264. **Les Négriers des Rivières du Sud.** PIERRE AGAY.
265. **Prisonniers du Roi d'Ébène** .... PIERRE AGAY.
266. **Le Marécage de l'Epouvante** .... PIERRE AGAY.
267. **Les Invisibles** .... A. MONJARDIN.
268. **Le Pont de la Fausse-Monnaie** .... A. MONJARDIN.
269. **Le Miroir qui tue** .... A. MONJARDIN.
270. **Le Mystère de la Tour Eiffel** .... G. GUITTON.
271. **Sous la griffe du Tigre** .... G. GUITTON.
272. **Le Récif des Cannibales** .... JOSÉ MOSELLI.
273. **Le Forçat militaire** .... JOSÉ MOSELLI.
274. **Les Compagnons de la Mort** .... J. MAHAN.
275. **Le Pont des Cadavres** .... J. MAHAN.
276. **La Caverne aux millions** .... J. MAHAN.
277. **Le Signe du Malheur** .... G. CHOQUET.
278. **Le Contre-poison Malais** .... G. CHOQUET.
279. **Le Maître du Monde** .... G. CHOQUET.
280. **Le Vaisseau Aérien** .... G. CHOQUET.
281. **Justus Wiss détective** .... A. ROMAGNY.
282. **La Chasse à l'Homme** .... A. ROMAGNY.
283. **Le Courrier de Lyon** .... J. ALEYRAC.
284. **La Maison du poivre de Cayenne** J. ALEYRAC.
285. **L'Héritage de la Mendiante** .... M. MARIO.
286. **Le Cabaret du Rat Blanc** .... M. MARIO.
287. **Le Mystère des Ruines** .... D. RAMIÈRES.
288. **Le Prisonnier du Souterrain** .... D. RAMIÈRES.
289. **Les Petits Chanteurs des Rues** .... J. FABIEN.
290. **Le Mystérieux Mage** .... J. FABIEN.
291. **Au milieu des Lions** .... J. FABIEN.
292. **Un Duel à l'Américaine** .... J. FABIEN.
293. **La Sorcière Jaune** .... J. FABIEN.
294. **Kaleh, le Fakir** .... J. FABIEN.
295. **Les Hommes-Serpents** .... J. FABIEN.
296. **Perdus dans la Neige** .... J. FABIEN.
297. **Les Eclaireurs Rouges** .... A. ROMAGNY.
298. **L'Automobile blindée** .... A. ROMAGNY.
299. **Les Champs d'Or de l'Urubu** .... J. MOSELLI.
300. **Les Cahots de la Faim** .... J. MOSELLI.
301. **L'Antre des Crabes Géants** .... J. MOSELLI.
302. **Le Poison des Vaudoux** .... J. MOSELLI.
303. **Les Esclaves de la Cité de l'Or** .... J. MOSELLI.
304. **Le Trésor du Bagne** .... J. MOSELLI.
305. **Les Prisonniers de l'Océan** .... J. MOSELLI.
306. **La Vengeance du Forçat** .... J. MOSELLI.
307. **Les Yeux d'acier** .... P. ADAM.
308. **Dans les Eaux polaires** .... P. ADAM.
309. **L'Île Mécanique** .... P. ADAM.
310. **La Marche à la Navaja** .... P. ADAM.
311. **Les Aventures de Coucou** .... G. CHOQUET.
312. **Le Gouffre aux serpents** .... G. CHOQUET.
313. **Les Cœurs Sanglants** .... G. CHOQUET.
314. **Thomas, Balle-Sûre** .... G. CHOQUET.
315. **Le Sachem des « Bonnets-Noirs ».** G. CHOQUET.
316. **La Ville Morte** .... G. CHOQUET.
317. **L'Empire de la Sierra** .... F. D'ARGELLES.
318. **L'Automobile d'or** .... F. D'ARGELLES.
319. **Les Requins du Pacifique** .... J. MOSELLI.
320. **Le Trésor de l'Orpheline** .... J. MOSELLI.
321. **Les Cannibales des Mers du Sud** J. MOSELLI.
322. **La Justice des Requins** .... J. MOSELLI.
323. **Pédro, le Tueur d'Hommes** .... G. CHOQUET.
324. **La Guerre dans la Prairie** .... G. CHOQUET.
325. **La Taverne des Chutes** .... G. CHOQUET.
326. **Le Nain au Collier du Chien** .... G. CHOQUET.
327. **L'Agonie d'une Race** .... G. CHOQUET.
328. **Les Drames de l'Amazone** .... G. CHOQUET.
329. **Perdu dans la Forêt Vierge** .... G. CHOQUET.
330. **Le Château du Lac** .... G. CHOQUET.
331. **Brulheim, le Colosse Roux** .... G. CHOQUET.
332. **Dans les Ténèbres éternelles** .... G. CHOQUET.
333. **Au Pays de l'Epouvante** .... G. CHOQUET.
334. **Le Tour du Monde de Gaspard Bras-de-Fer** .... M. MARIO.
335. **Le Roi du Désert** .... M. MARIO.
336. **Au cœur du Soudan** .... M. MARIO.
337. **La Maison des Bandits** .... M. MARIO.
338. **Les Chiens Policiers** .... M. MARIO.
339. **Les Naufrageurs de l'air** .... J. MOSELLI.
340. **Les Espions de la Mer Jaune** .... J. MOSELLI.
341. **La Prison Aérienne** .... J. MOSELLI.
342. **Les Etrangleurs de Batavia** .... J. MOSELLI.
343. **Le Désert de Boue** .... J. MOSELLI.
344. **Le Trésor du Planteur** .... M. MARIO.
345. **La Vengeance du Pèlerin** .... M. MARIO.
346. **Le Sultan du Massalit** .... M. MARIO.
347. **La Perle de Sumba** .... J. DE NAUSEROY.
348. **La Taverne de la « Couronne »** .... J. DE NAUSEROY.
349. **La Barrière de Feu** .... J. DE NAUSEROY.
350. **Le Trésor du lac d'argent** .... J. ALEYRAC.
351. **Dans la Prairie « houleuse »** .... J. ALEYRAC.
352. **La Grande-Main-de-Feu** .... J. ALEYRAC.

Tous ces volumes sont expédiés *franco* à domicile sur demande accompagnée d'un mandat et adressée à l'Administration, 3, rue de Rocroy, Paris (Xe). Ajoutez au prix de chaque volume **15** centimes pour le port.

(Voir la suite sur la couverture, page extérieure.)

* COLLECTION D'AVENTURES *
ABONNEMENTS
UN AN : PARIS, DÉPARTEMENTS 22 FR. ; ÉTRANGER 29 FR. Compte chèque postal 259-10.

LE CADET DE CRÈVECŒUR

PAR

JOSÉ MOSELLI

PARIS
ÉDITION DE LA COLLECTION D'AVENTURES
3, RUE DE ROCROY, 3

472

LE CADET DE CRÈVECŒUR

CHAPITRE PREMIER

JUDE DE CRÈVECŒUR

Hervé-Charles-Yves Trégonec de Crèvecœur, seigneur de Kerbras et de Penfenyou, allait mourir.

Agé de soixante-douze ans passés, le vieux gentilhomme estimait très certainement qu'il avait assez vécu et qu'il était juste et bon qu'il rejoignît ses ancêtres.

Etendu dans son vaste lit de chêne à baldaquins, il regardait ses deux fils avec calme et résignation.

L'aîné, Pierre de Crèvecœur, avait vingt-quatre ans : il était d'âge à faire son chemin tout seul dans la vie ; quant au cadet, Aymeri, un grand garçon de dix-huit ans, il irait à Paris où le roi François, en considération des loyaux services de son père qui avait vaillamment combattu à Marignan et à Pavie, lui donnerait une place à sa cour. L'avenir des deux jeunes gens était donc assuré.

Hervé de Crèvecœur soupira. Il se retourna doucement vers le côté opposé de son lit où se tenait un gentilhomme maigre et blême, son frère, Jude de Crèvecœur :

— Jude, murmura le mourant d'une voix faible, mes deux fils n'auront jamais besoin de toi, sans doute : ils sont de bonne race et sauront se pousser dans la vie. Cependant, tu vas me jurer que tu ne leur marchanderas jamais ton appui, car nul ne connaît l'avenir !

Jude de Crèvecœur, un grand gaillard maigre dont le visage ridé se terminait par une mince barbe pointue, s'inclina et répondit d'une voix rauque :

— Tu me connais assez, Hervé, pour savoir que tes fils sont comme s'ils étaient les miens. S'il le faut, ce qu'à Dieu ne plaise, je me ferai hacher menu pour les sauver !

Le mourant, sans répondre, saisit la main maigre de son frère et la serra dans les siennes, puis, se tournant vers ses fils qui retenaient difficilement leurs larmes, il conclut :

— Et maintenant, mes enfants, laissez-moi. Il est temps pour moi de m'occuper de mon salut. Je n'ai plus rien à faire en ce monde !

« Qu'on fasse venir le chapelain et retirez-vous tous !

Les deux jeunes gens, silencieux, s'agenouillèrent au pied du lit ; Hervé de Crèvecœur, aidé de son frère, parvint à se dresser sur son séant et, étendant ses mains décharnées, bénit ses enfants.

Ceux-ci, s'étant relevés, se dirigèrent silencieusement vers la haute porte, suivis de leur oncle.

Le mourant resta seul dans la vaste pièce, tandis qu'au dehors, le vent soufflait en tempête et faisait vaciller les flammes des chandelles éclairant la chambre.

Le chapelain, un vieillard à cheveux blancs, arriva peu après. Il resta environ une demi-heure avec le vieux gentilhomme, puis, ayant rejoint Pierre et Aymeri de Crèvecœur qui, avec leur oncle, attendaient dans un salon voisin, murmura :

— Tout est fini, messeigneurs... Le comte est mort !

Les deux frères sans une parole, tombèrent dans les bras l'un de l'autre, ce qui les empêcha de voir le regard infernal que leur lança leur oncle.

Jude de Crèvecœur, cependant, redonna aussitôt à sa physionomie une expression de chagrin et murmura :

— Allez voir votre noble père, mes enfants ! Moi, je vais m'occuper de faire tout préparer pour les funérailles ! Et ayez du courage : nous sommes tous mortels et nous devons nous soumettre à notre sort !

Il sortit sur ces mots tandis que les deux jeunes gens regagnaient la chambre mortuaire.

Jude de Crèvecœur, un mince sourire aux lèvres, les regarda disparaître derrière la porte, puis, haussant les épaules, traversa une enfilade de longs couloirs et arriva à la poterne du château.

Dix heures du soir venaient de sonner au clocher de Crèvecœur ; dans le ciel noir, de lourds nuages gonflés de pluie glissaient, poussés par un vent furieux qui courbait les chênes et les bouleaux de la forêt voisine.

Jude de Crèvecœur, ayant décroché son large manteau suspendu dans l'antichambre, s'en enveloppa. Il entr'ouvrit la potence et regarda avidement au loin. La lande entourant le manoir de Crèvecœur était déserte ; vers l'Este, les lumières de la ville de Paimpol, voisine de trois lieues, se distinguaient vaguement.

Jude de Crèvecœur tira ses deux pistolets de sa ceinture et en vérifia l'amorce. Tout était bien.

Il les remit en place, s'assura que sa dague jouait aisément dans son fourreau et, tête baissée, sortit et referma derrière lui la lourde porte bardée de fer. Il s'éloigna à grands pas.

Ayant parcouru une centaine de mètres, il s'arrêta et grommela en regardant le château dont la masse imposante se dessinait sur le ciel noir :

« Palsambleu ! Il serait dommage qu'un si beau manoir devînt la propriété de ce petit imbécile de mon neveu ! C'est bien assez que j'aie vécu toute ma vie pauvre et piteux sans que je continue encore ! Je suis encore jeune, après tout...

« Un homme à quarante-sept ans est encore jeune ! Une fois que j'aurai mis la main sur le château et sur la fortune de mon défunt frère, je me marierai avec une riche héritière et irai m'établir à la cour ! Ah ah ah ! Et cet imbécile d'Hervé qui m'a toujours pris pour une ganache, dommage qu'il soit mort ! Sans cela, je le détromperais maintenant !

Mâchonnant ces pensées et d'autres pareilles, Jude de Crèvecœur, serrant son manteau contre ses maigres flancs, reprit sa marche.

Deux heures plus tard, il atteignait les premières maisons de Paimpol.

Bien que le couvre-feu, depuis longtemps, ait été sonné, Jude de Crèvecœur réussit à pénétrer dans la ville sans se heurter aux archers. Il traversa plusieurs ruelles avoisinant le port et s'arrêta devant une maisonnette de chétive apparence dont le toit de chaume bâillait par endroits.

Du pommeau de sa dague, le gentilhomme frappa quatre fois contre la porte. Celle-ci s'ouvrit aussitôt et laissa voir une petite et vieille femme dont le nez crochu rejoignait presque le menton de galoche, une vraie sorcière ! Elle tenait en main une lanterne de corne qu'elle éleva jusqu'à la hauteur du visage de son visiteur.

Satisfaite, elle s'effaça sans mot dire pour laisser entrer Jude de Crèvecœur.

Celui-ci, le seuil franchi, pénétra dans une vaste pièce occupant toute la chaumière, et qu'éclairait faiblement une grosse chandelle de suif posée sur une table.

Devant cette table, face à un pichet de cidre, un petit homme au visage basané, au nez en lame de couteau souligné par une longue et fine moustache noire, était assis. Un large feutre, orné d'une plume usée et presque entièrement dépouillée de ses barbes, le coiffait et descendait presque à ses gros yeux.

Il était enveloppé d'un manteau de ratine rousse, pelé, troué et rapiécé comme un vieil habit d'arlequin.

— Capitaine Terfadac, voici messire Michel dont je vous ai annoncé la visite, fit la vieille après avoir soigneusement refermé la porte.

L'homme au feutre fit entendre un éclat de rire moqueur :

— Capdedious, la vieille, j'ai l'air d'un imbécile mais je ne le suis pas, té ! dit-il avec un fort accent gascon.

« Au diable messire Michel ! J'aime appeler les gens par leurs noms, moi ! C'est pourquoi je suis à votre disposition, messire Jude de Crèvecœur !

Jude de Crèvecœur devenu livide, porta la main à sa dague d'un geste instinctif, mais le capitaine Terfadac fut plus vif que lui et, avant qu'il ait dégainé son poignard, lui présenta sous le nez un respectable pistolet de Tolède en disant :

— Il est chargé, vous savez !

Jude de Crèvecœur, déjà, avait repris son sang-froid :

— Il y a erreur ! dit-il. Vous devez savoir, capitaine Terfadac, que je suis ici pour m'entendre avec vous et non pour vous couper la gorge !

— C'est ce que m'a dit la vieille Marie-Anne ! fit tranquillement Terfadac. Mais une longue vie m'a appris que les intentions des hommes étaient changeantes ! Et il n'est tel qu'un bon pistolet pour s'entendre !

« Marie-Anne, apporte un second gobelet ! Messire de Crèvecœur doit avoir sûrement soif !

En s'entendant nommer pour la seconde fois, Jude grinça des dents, mais il ne protesta pas et, sans mot dire, emplit le verre que venait d'apporter la vieille femme et le vida d'un trait dans sa gorge sèche.

CHAPITRE II

LES BIJOUX DU COFFRET

— Et maintenant, je vous écoute, messire ! fit le capitaine Terfadac dès que Jude de Crèvecœur eut déposé son gobelet vide sur la table.

Jude toussa légèrement et, silencieusement, regarda les solives du plafond. Visiblement, il hésitait. Terfadac dut comprendre la cause de cette hésitation, car, sans presser son interlocuteur, il se versa une nouvelle rasade de cidre et l'avala :

— Un peu cru, mais excellent ! murmura-t-il. Quand même, ça ne vaut pas le vin de Gascogne !

Jude de Crèvecœur se décida enfin :

— Capitaine Terfadac, dit-il, je sais que le sort ne vous a guère été favorable jusqu'ici, et que vous êtes prêt à bien des choses pour gagner de l'argent !

— Ça dépend du prix, comme de juste ! approuva sentencieusement le capitaine Terfadac. La vie est dure et il faut ne rien dédaigner, hélas !

— Je viens vous proposer une affaire qui peut vous faire gagner cinq cents écus d'or, déclara Jude.

Terfadac eût un haut-le-corps :

— Cinq cents écus d'or ? dit-il. C'est beaucoup, mais mon cou vaut plus que cela, car j'ai idée que, pour gagner ces cinq cents estimables écus, il faut risquer la potence, hé ?

— Mais non ! Vous ne risquez rien, capitaine ! assura Jude. Votre navire est à Paimpol ?

— Oui, l'*Ysabeau* est en grande rade, prête à partir... J'attends que la maudite escadre espagnole qui est signalée venant de Bruges, soit passée... Ensuite, suivant l'occasion, j'appareillerai pour essayer de trouver ma vie à gagner... Ah ! La vie devient dure à gagner sur les océans ! Le moindre vaisseau marchand est armé de caronades et se défend comme un beau diable ! C'est à...

— Oui, je comprends cela ! interrompit Jude en emplissant les deux gobelets.

D'après les paroles que Terfadac venait de prononcer, il résultait que cet estimable personnage était de son métier *gentilhomme de fortune*, autrement dit pirate, et que les affaires n'allaient pas. Jude pensa que le Gascon n'en serait que plus accommodant :

— Je comprends vos doléances, capitaine, dit-il, et je n'en suis que plus heureux de vous procurer l'occasion de gagner presque sans risques les cinq cents écus d'or dont je vous ai parlé ! En vingt-quatre heures, tout peut être fini ! Qu'en dites-vous ?

— Moi ? Je ne dis rien : j'écoute ! répondit astucieusement le Gascon.

— Marie-Anne m'a dit que vous étiez un homme discret ! fit Jude. C'est, d'ailleurs, pourquoi je vous ai choisi pour faire cette bonne affaire, car les candidats ne manquent pas. Cependant, avant d'aller plus loin, je vous avertis que, si vous aviez la langue trop longue, votre peau ne vaudrait pas cher ! Vous comprenez ?

— Je comprends le français, le gascon, le breton, l'anglais, l'espagnol, et même un peu le turc ! affirma Terfadac sans se déconcerter. Nous avons le don des langues, dans ma famille !

Jude de Crèvecœur se mordit les lèvres, puis, se dominant, reprit l'entretien. Il fut long, cet entretien et se termina vers deux heures du matin.

Les deux hommes, complètement d'accord, se séparèrent.

Terfadac resta dans la masure pendant que Jude de Crèvecœur regagnait le manoir de son frère défunt. Il trouva ses deux neveux agenouillés au chevet du lit où était étendue la dépouille mortelle de leur père et, prenant une mine contrite et chagrinée, murmura :

Mais le capitaine Terfadac fut plus vif que lui et, avant qu'il eût dégainé son poignard, lui présentait sous le nez un respectable pistolet de Tolède en disant :

— Il est chargé, vous savez !

— Il faut aller vous reposer, mes enfants ! Pleurer les morts ne sert de rien : la seule façon de les honorer est d'imiter leurs vertus ! Puissiez-vous suivre les nobles exemples de mon admirable Hervé !

Les deux jeunes gens ne répondirent que par des sanglots.

— Je vais tout régler pour les funérailles ! conclut Jude. Elles auront lieu après-demain, il faut laisser aux gentilshommes du voisinage le temps d'arriver.

« Je vais expédier des courriers pour les prévenir. Vous, vous vous rendrez demain chez le bailli de Ploumanach ; c'était un ami de votre noble père. Il convient qu'il apprenne par vous-mêmes l'immense malheur qui nous atteint tous ! La mission est triste, mais votre père m'a toujours dit qu'il aimerait à ce que son ami soit prévenu par vous !

— Nous irons donc, mon oncle ! fit Pierre de Crèvecœur.

Jude poussa un soupir de satisfaction. S'étant agenouillé lui aussi devant le lit, il marmotta une courte prière et se retira. Il n'alla pas loin et pénétra dans la pièce voisine, qui servait de cabinet de travail au défunt.

C'était une vaste salle aux murailles disparaissant sous d'épaisses tapisseries. De chaque côté de la haute cheminée, des coffres de bois bardés de fer étaient posés.

Jude, ayant donné un tour de clé à la serrure de la porte, s'approcha d'un des coffres et, à l'aide d'une clé qu'il tira de son pourpoint, l'ouvrit. Une chandelle en main, il en examina le contenu. Le coffre renfermait de la vaisselle d'argent et d'or et une petite boîte de cèdre dont Jude s'empara avidement. Elle était fermée à clé.

Jude, de la pointe de son poignard, l'ouvrit et poussa un grognement de colère et de déception ;

— Des bijoux, grommela-t-il, rien que des bijoux ! Pas une pièce d'or ! Ce gueux d'Hervé a dû confier toute sa fortune à son banquier... J'aurais dû m'en douter ! Me voilà beau ! Comment vais-je faire pour payer Tarfadac ? Jude soupira. Il tressaillit soudain et faillit lâcher la boîte remplie de bijoux : il lui avait semblé qu'on marchait derrière lui. Il se retourna et un rictus de soulagement distendit sa face maigre : la salle était bien déserte.

Jude, pourtant, voulut en être bien sûr. Ayant déposé le coffret sur une table, il dégaina sa dague et souleva un à un les épais panneaux de tapisserie recouvrant les murailles. Il n'y avait personne derrière.

Jude, complètement rassuré, vida dans ses poches le contenu de la boîte de cèdre : des bagues, des anneaux, des bracelets, de merveilleux bijoux de toutes sortes, en or, enrichis de pierreries :

— Avec cela, il y a de quoi contenter Tarfadac ! murmura Jude. Il faudrait qu'il soit difficile pour récriminer !

Ce disant, Jude, sans bruit, referma le coffre, remit la clé dans sa poche et, tranquillement, regagna sa chambre.

Le lendemain, dans l'après-midi, Pierre et Aymeri de Crèvecœur partirent à cheval pour se rendre chez le bailli de Ploumanach afin de l'avertir de la mort de leur père.

Que se passa-t-il entre eux ? C'est ce qu'on ne devait savoir que bien des années plus tard.

Toujours est-il que, dans la matinée qui suivit, un pêcheur de Ploumanach qui rentrait chez lui, découvrit dans un fourré bordant la route le cadavre froid de Pierre de Crèvecœur. Le malheureux portait plusieurs blessures qui semblaient indiquer qu'il s'était âprement défendu contre ses meurtriers. Sa bourse, pleine d'or, était intacte, ce qui indiquait que le vol n'était pas le mobile du crime.

Le prévôt de Paimpol fut immédiatement prévenu. Des recherches furent faites et l'on découvrit, non loin de l'endroit où avait été trouvé le corps de l'infortuné Pierre de Crèvecœur une dague ensanglantée, laquelle dague fut reconnue comme appartenant à son cadet Aymeri.

Or, Aymeri avait disparu ! Il ne s'était pas présenté chez le bailli de Ploumanach. On le chercha en vain.

Parmi ceux qui le cherchèrent avec plus d'acharnement, fut Jude de Crèvecœur. Le pauvre homme faisait peine à voir. La mort de son frère, l'assassinat d'un de ses neveux et la disparition de l'autre semblaient l'avoir vieilli de dix ans.

Il fit publier une annonce dans toute la Bretagne promettant dix mille écus d'or à qui retrouverait Aymeri de Crèvecœur. Ce fut en vain. Et tout le monde comprit pourquoi le jeune homme avait disparu. C'était simple : il avait fui après avoir assassiné son frère aîné pour hériter à sa place. Sans doute, son crime accompli, Aymeri avait pris peur et compris qu'il serait soupçonné. Il avait fui, le diable seul aurait pu dire où.

Seul, Jude de Crèvecœur défendit son neveu, malgré l'évidence, ce qui lui attira la sympathie de tout le monde.

Et, comme Pierre de Crèvecœur était mort, comme Aymeri avait disparu, le manoir de Crèvecœur et la fortune du comte échurent par droit d'héritage au digne Jude qui, un mois plus tard, partit pour Paris afin de se mêler à la cour du roi François Ier. Son ambition était satisfaite.

CHAPITRE III

LA FELOUQUE L'« YSABEAU »

Pierre de Crèvecœur et son frère Aymeri étaient partis du château vers quatre heures de l'après-midi.

Le bailli de Ploumanach habitait à cinq petites lieues de Crèvecœur : en moins de deux heures, les deux frères, grâce aux bonnes jambes de leurs coursiers, pouvaient espérer franchir facilement cette distance. Ils comptaient ensuite passer la nuit chez le bailli et revenir à l'aube au château.

Trop tristes pour parler, ils cheminaient en silence, chacun ruminant de tristes pensées. Ni l'un ni l'autre n'avait jamais quitté leur père, et la mort du comte leur paraissait un désastre irréparable.

Ils n'étaient plus qu'à une lieue de Ploumanach et se trouvaient au beau milieu de la lande de Trémeur, lorsque le cheval de Pierre de Crèvecœur ralentit soudain son allure et dressa les oreilles.

— Qu'est-ce, Cabo ? Veux-tu avancer ! murmura le jeune homme.

— Il a flairé sans doute quelque truand, Pierre ! remarqua à mi-voix Aymeri.

— Des truands ? Il n'y en a pas dans le pays ! affirma l'aîné des Crèvecœur. Cabo est fatigué, voilà tout, et...

Il n'acheva pas : des buissons voians, une douzaine d'hommes masqués, vêtus de hardes sordides, apparurent et se jetèrent à la tête des chevaux des deux jeunes gens :

— Tuez seulement celui qui a de la moustache, *bou Dious* ! Ne touchez pas au jeune ! glapit une voix à l'accent gascon en qui ses amis eussent instantanément reconnu le capitaine Terfadac.

Celui qui avait de la moustache, c'était Pierre de Crèvecœur. Le malheureux garçon, assailli par cinq démons, fut instantanément percé de coups, sans avoir eu seulement le temps de dégainer son épée :

— Aymeri ! Fuis ! Fuis ! eut-il la force de crier avant de s'abattre sous les poignards.

Aymeri de Crèvecœur était de trop bonne race pour profiter d'un pareil conseil.

D'un coup de dague, il effondra le crâne d'un des bandits qui l'assaillaient et, ayant réussi à se dégager, tira son épée et lança son cheval parmi la meute enragée des assassins. Mais soudain l'animal s'abattit : un des bandits, de son poignard, lui avait tranché les jarrets.

Aymeri de Crèvecœur tomba. Avant qu'il ait pu se relever, vingt mains crochues l'agrippèrent tandis que la voix à l'accent gascon glapissait :

— Ne me l'abîmez pas, *cap de Dious* ! Il vaut mille écus d'or !

Cet ordre fut exécuté à la lettre.

Aymeri, bien qu'il se débattît avec l'énergie du désespoir, fut réduit à l'impuissance sans avoir été blessé, ligoté et attaché sur le cheval de son frère.

— En avant. Dépêchons ! ordonna l'homme à l'accent gascon, qui n'était autre que notre vieille connaissance, l'honorable capitaine Terfadac.

Un bandit chargea sur son épaule le cadavre de Pierre de Crèvecœur ; un second porta le corps de l'individu tué par Aymeri, tandis que quatre autres suivaient en traînant à l'aide d'une corde le cheval de Pierre de Crèvecœur qu'ils avaient achevé.

La petite troupe, par des chemins détournés, traversa la lande de Trémeur et atteignit le sommet d'une haute falaise dominant des rocs contre lesquels la mer se brisait en mugissant.

— Faisons vite, garçons, si nous ne voulons pas être pendus ! conseilla Terfadac.

Les bandits savaient d'avance ce qu'ils devaient faire. Leur chef n'eut pas à s'expliquer davantage. Le cadavre du cheval fut précipité dans le vide et alla s'écraser sur les rocs, entre lesquels il eut aussitôt disparu. Les corps des bandits tués par Aymeri, ainsi que celui de Pierre de Crèvecœur subirent le même sort.

Après quoi, Aymeri ayant été enlevé de dessus son coursier, le malheureux animal fut poignardé et précipité sur les brisants.

Ces macabres opérations n'avaient pas demandé cinq minutes.

Dès qu'elles eurent été achevées, Terfadac fit signe à ses bandits de le suivre. L'un deux, le plus vigoureux, installa Aymeri sur son dos et la petite troupe se dirigea vers un étroit sentier qui serpentait le long des flancs de la falaise.

La nuit, depuis longtemps, était venue. Une nuit brumeuse et humide. Autour des sinistres assassins, rien que les ténèbres ; aucun bruit excepté le mugissement monotone des vagues se brisant sur les rocs.

Les bandits avançaient lentement, ils n'osaient pas allumer de fanal et savaient que le moindre faux pas eût été mortel. Le sentier — un vrai sentier de chèvres — était large à peine de cinquante centimètres et courait entre la muraille à pic de la falaise et le vide. Par endroits, la pierre s'était effritée, diminuant d'autant la largeur de la piste. Les bandits étaient donc obligés, à chaque pas, de tâter du pied le terrain avant de s'y poser.

La descente, qui dura plus d'une heure, s'accomplit pourtant sans incident. La petite troupe, arrivée au pied de la falaise, se forma en file indienne et avança sur l'étroite bande de sable situé entre les rocs et la falaise. Une lieue fut ainsi franchie sans qu'aucune parole eût été échangée.

Les bandits atteignirent enfin une légère anfractuosité de la falaise au fond de laquelle un léger caïque était échoué sur le sable. Un homme était étendu dans l'embarcation et ronflait bruyamment.

Terfadac, ayant sauté dans le caïque, fit pleuvoir une grêle de coups de bottes sur le dormeur et grommela :

— Beau veilleur, en vérité ! Tous les archers de la prévôté auraient pu venir et te saisir sans que tu aies seulement bougé un cil ! Prends-y garde, Binic ! La prochaine fois, je te réveillerai avec un coup de dague dans les tripes.

L'homme que les coups avaient complètement réveillé, se dressa et balbutia quelques vagues excuses que Terfadac n'écouta pas.

— Aide tes camarades à déséchouer le caïque ! Mets les avirons en place, et le mât, et tais ta maudite langue, orodonna-t-il.

Ce fut vite fait. En quelques instants, l'embarcation fut remise à flot. Son mât fut dressé, une voile y fut hissée.

Terfadac fit embarquer tout son monde et veilla à ce qu'Aymeri de Crèvecœur fût confortablement étendu au fond du caïque, au pied du mât.

Ayant tout examiné, le Gascon, à son tour, s'embarqua dans le caïque qui, tiré par six paires de rames, s'éloigna aussitôt du rivage.

Terfadac, qui avait pris le gouvernail, manœuvra habilement l'embarcation et franchit sans difficulté les récifs. Les avirons furent aussitôt rentrés et la voile bordée.

Le caïque, poussé par la faible brise qui soufflait par bouffées, inclina légèrement sur l'eau calme et fila vers le large.

Terfadac, ayant allumé une lanterne de corne, s'en servit pour consulter une petite boussole qu'il portait dans sa ceinture et dirigea l'embarcation vers le Nord-Ouest.

Moins de dix minutes plus tard, le Gascon pouvait apercevoir la silhouette gracieuse d'une grande felouque immobile sur l'océan, ses voiles pendant à ses vergues, prête à appareiller. Il dirigea le caïque vers elle.

Cette felouque, c'était son navire l'*Ysabeau*.

En quelques instants, il eut accosté le caïque sous le gaillard d'arrière, le long d'une vieille échelle de corde qui pendait contre les flancs éraillés de la felouque.

— Camus ! cria-t-il. Envoie un palan ! Et vite ! Il y a un *colis* à hisser ! Et fais border les voiles : il n'y a pas un instant à perdre !

— Tout de suite, capitaine ! répondit d'en haut une voix rauque.

Un palan, accroché à une vergue, fut abaissé jusqu'à la hauteur du caïque. Aymeri fut suspendu à son extrémité et aussitôt hissé sur le pont de la felouque où on le déposa.

Terfadac, ayant gravi l'échelle de corde avec une agilité de singe, rejoignit aussitôt le prisonnier et, embouchant un porte-voix, commanda la manœuvre.

En un clin d'œil, le caïque fut hissé à bord, les voiles amurées, et l'*Ysabeau*, toute sa toile dessus, s'ébranla dans la direction du Nord.

— Mille écus de bijoux, murmura Terfadac en se frottant les mains, et au moins autant que me donnera cet étourneau, l'affaire est bonne, *milodious !* Je crois que j'en ai enfin fini d'être gueux ! Té ! Les hommes intelligents — dont je suis — finissent toujours par s'enrichir, c'est clair ! Allons boire un verre de Malvoisie ! Ces émotions m'ont asséché le gosier, et ce cidre de Bretagne ne me vaut rien !

CHAPITRE IV

LES COMBINAISONS DU CAPITAINE TERFADAC

Terfadac devait avoir le gosier très sec, car il ne fallut pas moins d'une bouteille entière de Malvoisie pour lui rendre son humidité naturelle.

Notre Gascon, s'étant ainsi remis en bon état, remonta sur le pont et ordonna que l'on descendît Aymeri de Crèvecœur dans sa cabine où il le fit déposer sur un divan.

Après quoi, Terfadac, ayant congrûment vérifié les liens de son prisonnier, se jeta sur son étroite couchette et ne tarda pas à s'endormir.

La nuit fut calme. L'*Ysabeau* fila à travers la Manche sans faire de mauvaises rencontres et, au matin, doubla l'île d'Ouessant et vogua vers le Sud-Ouest, vers le cap Finisterre.

Terfadac, qui s'était réveillé à l'aube et était aussitôt monté sur le pont, ordonna au cuisinier d'apporter un copieux déjeuner au prisonnier.

Aymeri de Crèvecœur n'avait pas fermé l'œil de la nuit. La terrible succession d'événements qui l'avaient frappé, l'avaient comme foudroyé.

Il se demanda s'il n'était pas le jouet d'un horrible rêve. C'en était trop : son père mort et son frère assassiné sous ses yeux ! Et lui, prisonnier et enlevé à bord d'un navire inconnu ! Pourtant, il n'avait jamais fait de mal à quiconque. Tout le monde l'aimait dans le pays, depuis les gentilshommes jusqu'aux plus humbles serfs. Et son frère aussi était aimé et estimé. Alors !

Pendant toute la nuit, Aymeri avait repassé toutes ces idées dans son cerveau enfiévré. Et il n'avait pu comprendre qu'une seule seule chose : c'était qu'il ne rêvait pas.

Aussi, lorsqu'au matin, il vit arriver Terfadac qui avait enlevé son masque et que suivait le cuisinier de la felouque portant la cruche de vin et un plat de viande, il se dressa brusquement sur son séant, si brusquement qu'il faillit rouler au bas du divan où il était étendu :

— Me direz-vous ce que ceci signifie, messire ! demanda-t-il d'une voix que la colère contenue faisait trembler.

— Cela signifie, mon cher ami, fit aimablement le Gascon, que vous êtes l'hôte du capitaine Terfadac, commandant la noble felouque l'*Ysabeau*, lequel capitaine Torfadac ne vous veut que du bien ! La preuve, c'est que...

— Alors, faites-moi enlever ces liens et débarquez-moi ! interrompit Aymeri.

— Tout doux, mon jeune ami ! Il faut d'abord que nous nous entendions ! expliqua tranquillement le Gascon.

— Si vous ne me ramenez pas à terre de suite, je vous promets que vous serez branché comme un assassin et un pirate que vous êtes ! éclata le jeune homme.

— Un assassin ! Un pirate ! Que voilà de grands mots ! Je ne suis qu'un pauvre homme qui cherche à faire sa fortune, tout comme un roi ! Pas autre chose, jeune homme ! Mais je vois que, pour le moment, il est impossible de discuter avec vous ! J'attendrai que vous soyez un peu calmé... Quoi qu'on en dise, j'estime que l'air marin est excellent pour calmer les nerfs ! Et je ne suis pas pressé, somme toute !

« Tramuc ! Fais manger ce jeune coq, et fais-le boire !

Aymeri écumait véritablement de rage. Il ne répondit pas. Il comprenait trop qu'il était à la merci du bandit. Alors, à quoi bon protester ou menacer ?

Aymeri, silencieux, se laissa enfourner dans la bouche les morceaux de viande découpés par le cuisinier de la felouque. Bien qu'il ne sentît aucun appétit, il voulait conserver ses forces pour pouvoir profiter d'une occasion de fuite si elle se présentait. Il avala deux verres de vin, et, son repas terminé, se retourna contre la cloison.

Torfadac, d'ailleurs, ne chercha pas à renouer l'entretien et se contenta de vérifier la solidité des liens de son prisonnier avant de remonter sur le pont.

Pendant quatre jours, Aymeri vécut ainsi, mangeant, buvant et dormant, sans que personne, sauf le cuisinier, s'occupât de lui.

Le cinquième jour, au matin, Torfadac vint s'installer sur un escabeau tout près du divan :

— J'espère que vous voilà calmé, mon jeune seigneur ? demanda-t-il aimablement. D'ailleurs, je vous demande simplement de m'écouter avant de me couvrir d'insultes. Vous verrez que je suis votre véritable ami... et que je suis prêt à vous rendre la liberté ! Vous m'écoutez ?

« Tout d'abord, savez-vous pourquoi vous êtes ici à bord ? Eh bien, c'est par ordre de votre très cher oncle, Jude de Crèvecœur...

— Mensonge infâme ! gronda Aymeri en se dressant. Tu mens, bandit ! Mais je ne te crois pas ! Mon oncle est un honnête gentilhomme !

— Libre à vous de le croire, messire ! Mais, si vous voulez bien avoir la patience de m'écouter sans m'interrompre pendant seulement cinq minutes, j'ai idée que vous changerez d'avis ! Je dis donc que c'est votre oncle qui m'a payé pour vous attaquer, vous et votre frère ! Vous comprenez ? Il voulait hériter à votre place ! C'est bien clair !

— Je n'en crois rien, truand que tu es !

— Je ne suis pas un truand, messire : je suis un gentilhomme gascon ! Et je ne suis pas un menteur ! La preuve que je dis vrai, c'est que Jude de Crèvecœur m'a offert cinq cents écus d'or pour l'affaire et que, ne les ayant pas, il m'a donné en place des bijoux que vous reconnaîtrez peut-être ! Les voilà !

Ce disant, Terfadac ouvrit sa ceinture de cuir et en retira une poignée de bagues, de bracelets, de broches, d'aiguillettes d'or en qui Aymeri, foudroyé, reconnut les propres bijoux de sa mère morte quelques années auparavant.

Ces bijoux, il le savait, avaient été enfermés dans un coffret dont son père avait seul la clé. Si le bandit les avait, c'était que Jude de Crèvecœur les lui avait donnés !

— O Dieu ! sanglota le pauvre garçon. Mon oncle ! Un assassin et un voleur !

— Chacun fait ce qu'il peut ! fit tranquillement Terfadac en mettant les bijoux dans sa ceinture.

« Votre oncle voulait hériter du manoir et des richesses de votre père... Mais il vous aimait, cet homme ! il n'a pas voulu que je vous tue... Il m'a simplement demandé de faire tuer votre frère, et vous, de vous vendre comme esclave aux barbaresques... comme galérien !

« C'est un bon homme que Jude de Crèvecœur ! Il sait que les galériens ne vivent jamais plus de six mois, au plus !

« Moi, j'ai accepté ! Il faut bien vivre, et je suis pauvre ! Et puis, vous n'étiez pas mon neveu, n'est-ce pas ? Si ce n'était pas moi qui avais fait l'affaire, c'eût été un autre ! Les gens ne manquent pas, lorsqu'il s'agit de gagner cinq cents écus d'or !

« Seulement, je ne suis pas un mauvais homme, moi ! J'ai pensé que je ne pouvais vraiment pas laisser s'accomplir jusqu'au bout une pareille iniquité ! Je suis donc prêt à vous ramener sur la côte de Bretagne où vous pourrez vous expliquer à loisir avec votre noble oncle, à condition que vous me promettiez de me verser mille écus d'or ! Vous le voyez, j'ai confiance en vous ! Je vous demande seulement de me jurer sur la mémoire de votre défunt père, que vous me donnerez ces mille écus d'or et que vous ne chercherez en rien à me nuire... et puis que je pourrai garder les bijoux que m'a donnés votre excellent oncle !

« Si vous acceptez, nous allons immédiatement virer de bord et faire voile pour Paimpol !... Nous y serions déjà si vous m'aviez laissé parler il y a quatre jours !

Terfadac se tut et, tranquillement, se versa un verre de Malvoisie qu'il vida avec une dextérité sans pareille.

Aymeri resta silencieux. Il ne comprenait que trop que le Gascon disait vrai. Il se rappelait comment Jude de Crèvecœur avait insisté pour que les deux frères se rendissent chez le bailli de Ploumanach. Oui, tout s'expliquait ! Le misérable ! Oh ! Mais son infamie ne lui profiterait pas, et Aymeri espérait bien le voir se balancer à une potence.

Il se dressa :

— Sur la mémoire de mon père vénéré, Hervé de Crèvecœur, dit-il d'une voix grave, je jure que je vous verserai mille écus d'or, capitaine ! Je jure que j'oublierai le mal que vous m'avez fait et que vous avez fait à mon frère ! Je jure que je ne vous accuserai de rien ! Puissé-je être maudit si je mens !

Terfadac s'inclina. Sans mot dire, il tira sa dague et, vivement, trancha les liens qui retenaient le prisonnier :

— Vous êtes libre, Aymeri de Crèvecœur, dit-il. Je monte sur le pont pour faire virer de bord !

Les bandits atteignirent enfin une légère anfractuosité de la falaise au fond de laquelle un léger caïque était échoué sur le sable.

Ce disant, il s'élança dans l'échelle conduisant sur le gaillard d'arrière. Mais, avant qu'il arrivât en haut, une voix cria :

— Une voile par bâbord !... Deux voiles ! Trois voiles !

CHAPITRE V

LES GALÉASSES DU ROY D'ESPAGNE

En entendant cette annonce, la face jaune du capitaine Terfadac devint pour ainsi dire grise. Son énorme nez blanchit. Comme un fou, il se précipita hors de l'écoutille, courut vers les haubans et, avec une agilité de singe, grimpa jusqu'au sommet du grand mât...

Arrivé là, il put se convaincre que l'homme de veille n'avait pas menti : dans le Nord-Ouest, trois énormes galéasses se silhouettaient nettement sur le ciel gris et se dirigeaient, toutes voiles dessus, vers la felouque.

Impossible de leur échapper : dans le Sud, c'était la côte d'Espagne, la côte de Galice, dont les sommets se confondaient avec les nuages. De tous côtés, le même péril. Car le roi de France, François Ier, était alors en guerre avec l'empereur Charles-Quint. Si les galéasses étaient espagnoles, comme tout le faisait croire, Terfadac savait d'avance le sort qui l'attendait : la destruction de la felouque, l'emprisonnement... et la potence.

Car l'*Ysabeau* avait à son actif la prise de plusieurs galions espagnols, et les Espagnols ne le lui pardonneraient pas. D'autre part, si les galéasses étaient françaises, même péril. Terfadac était loin d'avoir la conscience pure. En plus des nombreux navires marchands français qu'il avait détroussés, il pouvait craindre que ces galéasses eussent été envoyées à sa poursuite pour l'affaire de la lande de Trémeur...

Et le vent soufflait du Nord-Ouest, rejetant l'*Ysabeau* vers la côte espagnole. Ainsi, impossible d'échapper, à moins d'un miracle. Car pour ce qui était de se réfugier sur la côte d'Espagne, autant eût valu se jeter dans la gueule d'un loup.

Terfadac, livide, redescendit sur le pont.

Tandis qu'il réfléchissait au sommet du mât, les galéasses s'étaient encore rapprochées et étaient devenues visibles d'en bas. Les marins de la felouque, penchés sur les bastingages, les regardaient en échangeant des réflexions découragées.

Aucun d'eux ne doutait que ce fût des navires espagnols, et ils savaient tous qu'en cas de défaite ils n'avaient aucun quartier à attendre.

Terfadac, cependant, avait réussi à rendre une apparence de calme à son visage :

— Hissez les bonnettes ! commanda-t-il en embouchant un porte-voix de cuivre. Vite ! L'*Ysabeau* est bonne marcheuse, garçons ! Nous gagnerons ces chalands comme nous le voudrons !

Les marins se précipitèrent dans la mâture. Tout ce que la felouque pouvait porter de toile fut hissé le long des vergues.

L'Ysabeau, inclinée à croire qu'elle allait chavirer, fendit les flots gris avec une grande rapidité. Mais les galéasses, elles aussi, avaient hissé de nouvelles voiles.

Après quelques minutes, Terfadac

aussi bien que ses bandits purent constater que les trois navires gagnaient lentement mais sûrement sur la felouque.

Terfadac cracha un blasphème de fureur. Il ne pouvait plus rien :

— Préparez les caronades et les couleuvrines, garçons ! Si ces chiens d'Espagne nous attaquent, nous leur ferons voir qui nous sommes !

Les huit caronades et les six couleuvrines dont était armée la felouque furent débarrassées des étuis de toile les recouvrant. Fébrilement, les marins les chargèrent.

Ils n'avaient pas encore terminé qu'une détonation retentit, en même temps que, de la plus proche des galéasses, un léger nuage de fumée s'élevait. Un boulet de pierre vint frapper l'eau à une centaine de mètres de la felouque : des imprécations, poussées par les marins de l'*Ysabeau*, s'entrecroisèrent :

— Qu'est-ce que c'est, capitaine Terfadac ? entendit le Gascon derrière lui.

Il se retourna et reconnut Aymeri de Crèvecœur qui le regardait avec curiosité :

— Eh ! *Capédious !* Vous ne le voyez pas ! Des bandits d'Espagne nous donnent la chasse ! Il sont trois, et, s'ils nous rejoignent, notre compte est bon, *sandious* !

Aymeri ne répondit pas et se tourna vers les trois galéasses.

Plus de doute possible, maintenant, sur leur nationalité, elles venaient d'arborer en tête de mât l'oriflamme aux armes du haut et puissant Charles V, roi d'Espagne et les Deux-Siciles et Empereur d'Allemagne.

— Il me semble que nous n'avons qu'à mettre en panne et combattre, capitaine ! fit tranquillement Aymeri. Nous montrerons à ces gens-là comment meurent des Français ! Pour moi, je suis à votre disposition ! Disposez de moi !

— Té ! Vous êtes jeune, vous, messire ! grommela Terfadac. Il est toujours facile de mourir, *Boudiou* ! Mais c'est plus difficile de vivre, et nous n'en avons qu'une, de vie ! Il sera toujours temps de combattre et de se faire étriper par ces *dons* !

« Pour le moment, je vais essayer de les éviter jusqu'à la nuit afin de pouvoir disparaître à la faveur de l'obscurité ! Allez, allez ! Le capitaine Terfadac a plus d'un tour dans son sac !

Aymeri ne trouva pas de réponse. Il lança un long regard de mépris au bandit et alla s'accouder au bastingage du gaillard d'arrière pour mieux examiner les navires de l'empereur Charles-Quint.

Terfadac avait repris son sang-froid.

Aymeri l'entendit qui commandait une série de manœuvres habiles qui eurent pour résultat de faire regagner un peu d'avance à la felouque.

L'espoir revint dans tous les cœurs. Mais pas longtemps. Car soudain, les flancs des trois galéasses semblèrent s'embraser. Une épouvantable décharge de boulets en jaillit parmi des gerbes de flammes.

Plusieurs d'entre eux crevèrent les flancs de l'*Ysabeau* et trouèrent ses voiles.

La malheureuse felouque, aussitôt envahie par l'eau, ralentit et commença à couler.

— Aux pompes ! Aux pompes, *Sandious !* glapit Terfadac. Cahuzec ! Grôlard ! Prenez dix hommes et remplacez la grande voile ! Les autres, aux pompes et aux caronades ! Qu'on leur réponde, à ces suppôts de Satan !

Tumultueusement, les marins se ruèrent, qui aux pompes, qui dans la mâture pour hisser une nouvelle voile, qui aux caronades.

A son tour, la felouque lança sa bordée. Mais l'eau qui l'emplissait l'avait déjà à demi chavirée. D'un côté, les gueules des caronades trempaient déjà dans la mer et, de l'autre, elles menaçaient le ciel.

Leurs boulets passèrent loin des galéasses. Le vent apporta aux bandits le son moqueur des éclats de rire des Espagnols.

Terfadac poussa une exclamation de rage impuissante :

— Par Satan ! cracha-t-il, nous y sommes, et bien ! Le fils unique de mon père a de grandes chances de devenir un *évêque des champs* ! (un pendu).

Machinalement, il se tourna vers les deux canots qui gisaient, retournés, sur le pont de la felouque. Sans doute pensait-il à les faire mettre à la mer pour essayer de fuir avec. Mais c'était trop tard ! Les boulets espagnols les avaient éventrés et rendus absolument inutilisables.

Terfadac regarda autour de lui dans l'espoir de découvrir quelque invraisemblable moyen de salut. Il ne vit que les faces mornes de ses marins qui, comprenant que tout était perdu, s'étaient arrêtés de pomper.

La felouque coulait rapidement.

Aymeri de Crèvecœur s'approcha de Terfadac :

— Au moins, capitaine, dit-il d'une voix ferme, me rendrez-vous mes armes que vous m'avez enlevées, que je puisse mourir comme un gentilhomme, en combattant, et non comme une vieille femme !

— Allez au diable ! grommela brutalement le Gascon. Si vous m'aviez laissé vous parler il y a quatre jours, nous serions présentement devant la côte de Bretagne ! Je devrais...

Une seconde bordée, envoyée par les galéasses, qui n'étaient plus qu'à cinq cents mètres de la felouque, interrompit les récriminations de Terfadac.

Les boulets espagnols arrivèrent tous au but ! Parmi un fracas épouvantable, les deux mâts de la felouque, coupés au ras de leur emplanture, s'abattirent, écrasant sous eux les marins, dont la plupart avaient été blessés par les boulets.

Des clameurs de rage et de souffrance s'entendirent, mêlées aux craquements du bois.

Aymeri de Crèvecœur se précipita vers un officier de la felouque qui gisait, écrasé, à quelques pas de lui, et lui enleva son épée, sa dague et ses pistolets. Puis se tournant vers les marins encore valides, il gronda :

— Prenez vos armes, tous ! Et tenez-vous prêts avec moi à repousser ces chiens d'Espagnols et à leur montrer ce que sont des Français !

Une douzaine de bandits obéirent à cet ordre et vinrent se ranger autour du cadet de Crèvecœur.

Terfadac ne bougea pas et contempla le groupe d'un air moqueur.

CHAPITRE VI

DANS LA SENTINE

Il fallait toutes les illusions de la jeunesse et tout l'enthousiasme d'un cœur noble pour envisager seulement un combat avec les navires espagnols, comme venait de le faire Aymeri.

La felouque, en effet, n'était plus qu'une épave en ruines, incapable de se mouvoir, incapable de se diriger et devenue le jouet des lames de l'océan.

Les neuf dixièmes de son équipage étaient morts ou blessés ; son artillerie était inutilisable. Et elle avait contre elle trois galéasses, trois énormes vaisseaux de haut bord, intacts, bien pourvus d'artillerie et de personnel, et dont chacune était trois fois plus puissante qu'elle, même si elle avait été encore en possession de ses moyens.

La moindre résistance était donc impossible :

— Il n'y a qu'à se rendre, allez, messire, ricana Terfadac. Autrement, nous serons étripés comme des porcs !

— Nous serons ce que nous serons, répondit Aymeri. Pour moi, je sais...

Une nouvelle décharge, presque à bout portant, celle-là, couvrit la voix du cadet de Crèvecœur.

L'épave de la felouque, littéralement pulvérisée sous une avalanche de boulets, coula comme une pierre.

Aymeri, sans savoir comment, fut dans l'eau et plongea à une assez grande profondeur.

C'était un bon nageur. Il revint facilement à la surface et, avec horreur, vit qu'autour de lui l'eau était toute rouge ; çà et là, des planches noircies flottaient pêle-mêle avec des membres déchiquetés et des corps mutilés. Une demi-douzaine de marins de la felouque, la plupart blessés, nageaient ou étaient accrochés à des débris de bois.

Les trois galéasses espagnoles avaient mis en panne pour recueillir les naufragés. Non par générosité — ce sentiment n'étant guère connu à cette époque — mais parce que l'amiral castillan voulait avoir des détails sur le navire qu'il venait de détruire et qu'il espérait sans doute capturer quelque personnage pouvant fournir une bonne rançon pour sa liberté.

Aymeri vit venir vers lui un grand canot chargé de marins et de soldats en armes. Sous la menace des arquebuses de ces derniers, il dut nager vers l'embarcation et se laisser saisir.

Il fut brutalement tiré hors de l'eau, dépouillé de ses armes, ligoté et jeté au fond de l'embarcation, comme un paquet.

Pendant quelques minutes, le canot croisa sur les lieux de la destruction de la felouque et recueillit encore quatre marins dont deux étaient grièvement blessés, puis, sur un ordre de l'officier qui la commandait, l'embarcation rallia une des galéasses.

Aymeri fut hissé sur le pont et vit qu'il se trouvait à bord d'un splendide navire qui n'avait rien de commun avec la coquille de noix du capitaine Terfadac.

Des ordres retentirent. Les marins espagnols, avec une discipline parfaite, s'élancèrent dans la mâture et bordèrent les voiles. En quelques instants, la galéasse eut été remise en route.

Des yeux, Aymeri chercha Terfadac qu'il n'avait plus vu depuis le moment, où l'*Ysabeau* s'était abîmé dans les flots. Il ne le vit pas. Le bandit avait dû être tué par les boulets ou noyé. Somme toute, la perte n'était pas grande.

Aymeri voulut se dresser sur son séant, mais une voix rude retentit à ses oreilles :

— Ne bougez pas, ou la bastonnade !

Le cadet de Crèvecœur se tourna du côté d'où venait la voix et vit un soldat debout qui le considérait d'un air sévère. Il se tint donc coi et immobile.

Une heure passa.

Tout à coup, plusieurs gentilshommes, vêtus d'habits de soie brodés d'or et chaussés de hautes bottes en cuir souple, apparurent, sortant du gaillard d'arrière. Ils se dirigèrent vers l'endroit du pont où étaient étendus Aymeri et les autres prisonniers.

L'un d'eux, un vieillard à cheveux blancs, à qui ses compagnons semblaient manifester un grand respect, s'arrêta devant Aymeri, et, en excellent français, demanda :

— Qui es-tu, toi, jeune pirate ?

— Aymeri Trégonec de Crèvecœur, seigneur de Kerbras ! répondit fièrement le jeune homme. Et je ne suis point un pirate, mais bien une victime de ces truands qui m'ont assailli et enlevé ! Si vous êtes un gentilhomme, je vous demande de me faire remettre en liberté et de me traiter selon mon rang !

Des murmures s'élevèrent parmi le groupe de seigneurs. Le vieillard fit entendre un petit rire moqueur :

— Peste ! Voilà un jeune bandit qui ne manque pas d'audace ! Vous ne le pendrez pas avec les autres, Alvarez ! Après tout, peut-être dit-il vrai, du moins quant à son nom. En ce cas, nous lui ferons trancher la tête à notre arrivée à Cadix... Je connais les Crèvecœur.

« Il y a dix ans de cela, Hervé de Crèvecœur captura à lui seul tout un convoi de nos navires arrivant des Indes ! C'est trop de chance si nous pouvons nous venger sur son fils !

Aymeri se redressa :

— C'est en effet une chance digne de vous, messire, que de faire périr celui qui est sans défense ! Si j'avais une épée, vous parleriez autrement ! mais ça m'est une consolation que de voir se déshonorer ceux que mon père vainquit ! Il ne pouvait en être autrement de la part de lâches !

Le vieux gentilhomme, devenu livide, dégaina son épée et fit un mouvement pour se précipiter sur le prisonnier. Il parvint pourtant à se retenir et grinça :

— Le bourreau, en t'étranglant, te fera rentrer tes insultes dans la gorge, jeune pirate !

— Il n'empêchera pas que ce que j'ai dit est vrai ! rétorqua fièrement Aymeri.

— Qu'on le bâillonne ! Qu'on le jette dans la sentine ! gronda le vieillard qui écumait. Et qu'on le bâtonne à mort ! Par Saint-Jacques de Compostelle, vit-on jamais pareil...

Aymeri n'en entendit pas plus.

Saisi et soulevé par quatre soldats, il fut emporté et descendu à fond de cale. Les soldats, dont l'un portait un fanal, le jetèrent dans la sentine, c'est-à-dire dans le puisard où s'amoncelaient les eaux croupies de la galéasse.

Aymeri, plongé jusqu'au cou dans le liquide nauséabond, vit les soldats se retirer et resta seul dans les ténèbres.

Mais cinq minutes ne s'étaient pas écoulées qu'un gigantesque nègre, escorté par quatre soldats, apparut. Il était armé d'un court fouet qu'il fit siffler sur le prisonnier.

Aymeri, incapable de se défendre, sentit la dure lanière s'abattre violemment sur lui. Il serra les dents pour ne pas crier, mais la douleur devint bientôt si forte qu'il s'évanouit.

Lorsqu'il revint à lui, il était toujours dans la sentine. Il sentit un chatouillement à son visage et se secoua avec violence. Un petit cri aigu retentit, tandis que le pauvre garçon sentait qu'un animal courait sur sa poitrine et s'enfuyait : un rat !

— O mon oncle, murmura-t-il, priez Dieu que je ne sorte pas vivant d'ici, car ma vengeance sera terrible !

Pendant combien de jours, Aymeri resta-t-il dans l'immonde sentine, c'est ce qu'il n'aurait su dire. De temps à autre, à intervalles réguliers, quatre soldats lui rendaient visite et lui apportaient un baquet rempli d'une soupe aussi malodorante que l'eau de la sentine et se retiraient sans mot dire après la lui avoir entonnée à l'aide d'une cuiller de bois.

Enfin, il lui sembla entendre un grand tumulte au-dessus de lui. Il perçut le bruit des câbles des ancres glissant dans les écubiers ; la galéasse était arrivée.

Peu après, plusieurs soldats descendirent dans la sentine, le saisirent et le remontèrent sur le pont.

La lumière du soleil, à laquelle il n'était plus habitué depuis longtemps, fit cligner ses yeux. Lorsqu'il s'y fut un peu accoutumé, il vit que la galéasse était accostée le long d'un grand quai bordé par de riches maisons à balcons de bois sculpté. Non loin de lui, il distingua, sur le château de poupe, le vieux gentilhomme qui l'avait fait fouetter. Se penchant vers un soldat qui lui parut moins rude que les autres, il demanda :

— Quel est ce vieux seigneur ? Et où sommes-nous !

Le soldat eut une légère hésitation et répondit à mi-voix :

— C'est le duc don Diego de Ramirez del Cambol, amiral de la flotte des Indes ! Et nous sommes ici à Cadix ! Tu vas être pendu pour le moins, camarade ! Et maintenant, tiens ta langue.

— Merci ! fit simplement Aymeri.

CHAPITRE VII

LA PRISON DE LOS MOROS

Le détachement de soldats qui escortait Aymeri traversa lentement le quai et s'engagea dans une des ruelles qui y débouchaient.

Derrière lui, à quelque distance, le cadet de Crèvecœur put voir trois des marins de l'*Ysabeau*, chargés de chaînes, qui suivaient, entourés de soldats. Parmi eux, ne se trouvait pas le capitaine Terfadac, ce qui confirma Aymeri dans l'idée que le Gascon avait péri.

D'après la hauteur du soleil au-dessus de l'horizon, Aymeri calcula qu'il devait être environ dix heures du matin.

Une populace nombreuse encombrait les rues et poussait des invectives féroces sur le passage des prisonniers.

Le petit cortège, cependant, arriva enfin devant une grande bâtisse de pierre à l'air rébarbatif et dont la haute porte de chêne bardée de fer était surmontée d'un écusson aux armes d'Aragon. Deux hallebardiers étaient en sentinelle de chaque côté de la porte.

Le chef des soldats qui escortaient les prisonniers s'avança vers les factionnaires et parlementa quelques instants avec eux.

L'un des hallebardiers marcha vers

la porte qu'il frappa trois fois de son poing.

Un petit judas percé dans le battant s'entr'ouvrit, et, peu après, la porte tourna sur ses gonds.

Poussé par les soldats, Aymeri franchit une haute voûte et arriva dans une cour étroite et sombre comme un puits. De hauts bâtiments percés de meurtrières la dominaient de toutes parts et interceptaient les rayons du soleil ; les pierres qui la pavaient étaient vertes de mousse.

Aymeri, la cour traversée, pénétra dans une grande salle meublée de grossiers pupitres de chêne, usés et crasseux, devant lesquels des scribes à l'air chétif étaient perchés sur des escabeaux :

— Écrivez ! glapit le chef des soldats en s'adressant à l'un des scribes.

« De par ordre de Monseigneur très haut et très puissant duc Don Diego Ramirez del Cambol, grand amiral de la flotte des Indes de Sa Majesté Très Catholique l'Empereur Charles V roi d'Espagne, des Deux-Siciles et des Provinces Unies, le sieur Aymeri de Crèvecœur, Français de nation et pirate de profession, doit être jeté dans une basse-fosse en attendant d'être jugé et pendu pour ses crimes exécrables. Le détenu devra être nourri au pain et à l'eau et bâtonné tous les vendredis ! Une surveillance étroite devra être exercée contre lui, car c'est un bandit extrêmement dangereux qui n'a pas craint de tenter de manquer de respect à Monseigneur l'Amiral ! »

Le scribe, qui avait saisi une grosse plume d'oie, écrivit lentement la terrible sentence qu'il répéta à haute voix, pour être sûr qu'il n'oubliait rien.

L'officier qui avait conduit Aymeri écouta gravement en tenant les yeux fixés sur un parchemin :

— C'est bien cela ! daigna-t-il dire. Inutile de fouetter ce bandit demain vendredi : il a déjà été fouetté à bord de la galéasse ! Mais qu'on l'enchaîne solidement !

— Tout de suite, capitaine ! fit le scribe qui, se levant, appela :

— Gaouya ! Gaouya !

Un géant vêtu de cuir racorni et dont l'œil gauche était recouvert par un morceau d'étoffe noire, surgit comme un diable d'une porte entr'ouverte :

— Enchaîne-moi ce truand et jette-le dans la fosse des Maures ! C'est la plus profonde !

— Oui, oui ! Mais, il y a déjà un gibier dedans ! grommela le géant.

— Un Maure ?

— Non ! Un Français, ou un Anglais, une canaille, enfin ! Je ne sais pas ! Il y est depuis plus de six mois !

— C'est étonnant, alors, grommela le scribe, qu'il ne soit pas mort ! Mais il ne doit pas valoir mieux ! Envoie-lui ce voyou pour lui tenir compagnie : ils seront pendus ou brûlés ensemble !

Le géant fit entendre un grognement affirmatif et sortit. Il revint presque aussitôt, avec plusieurs brasses de chaînes de fer, une petite enclume et un marteau.

Sur sa demande, deux soldats obligèrent Aymeri à poser son pied sur l'enclume, ce qui permit à Gaouya de lui river un anneau de fer autour de chaque cheville, les deux anneaux étant réunis par une chaîne. Ses poignets furent également enchaînés.

Gaouya possédait une dextérité née d'une longue habitude ; en quelques minutes, tout fut terminé.

Aymeri, incapable de se défendre, sentit la dure lanière s'abattre violemment sur lui. Il serra les dents pour ne pas crier, mais la douleur devint bientôt si forte qu'il s'évanouit.

Aymeri, qui n'avait pas dit un mot, suivit Gaouya hors de la salle, flanqué de deux soldats dont l'un s'était muni d'une lanterne.

La petite troupe traversa un long couloir voûté, à l'extrémité duquel une ouverture ronde, que bouchait une grosse grille de fer rouillé, était percée dans les dalles du sol.

Gaouya, ayant ouvert le cadenas maintenant la grille en place, la souleva et fit un signe aux soldats.

Aymeri, sans savoir comment, fut précipité dans l'ouverture béante et tomba, plusieurs mètres plus bas, sur une couche de vase molle et glaciale.

Tandis qu'il essayait de se redresser, il entendit Gaouya qui remettait la grille en place.

Peu après, le géant et les deux soldats s'éloignèrent, emportant la lanterne. Aymeri se trouva dans les ténèbres.

Il lui sembla, non loin de lui, entendre un faible bruit. Il se souvint de ce qu'il avait entendu dire par Gaouya que l'oubliette contenait un prisonnier, et, à mi-voix, demanda en français :

— Il y a quelqu'un, ici ?

— Oui ! Il y a un prisonnier ! Qui êtes-vous ?

— Aymeri des Crèvecœur, gentilhomme breton ! fit le jeune homme.

— Moi, je suis aussi Breton, messire ! Mon nom est Yves Trubert, et Guingamp est ma ville natale ! J'étais subrécargue sur un navire génois et ai été pris par les Espagnols au large des îles Baléares, il y a un an ou deux, je ne sais pas bien, car dans ce maudit trou il est impossible de compter les jours...

J'avais commencé en me basant sur les bastonnades que je recevais chaque semaine, mais j'en ai perdu le nombre, et puis, peu m'importe ! Je ne sortirai d'ici que pour être enterré au cimetière !

Ces quelques phrases furent prononcées d'une voix si triste, si découragée, qu'Aymeri, malgré sa vaillance, ne put retenir un frisson à la pensée qu'un sort pareil l'attendait sans doute :

— Mais non ! protesta-t-il. Vous ne mourrez pas ! Il faudra bien qu'on me juge et je ferai connaître ma situation au roi de France, et je serai délivré, et je vous ferai délivrer aussi !

— Hélas, messire ! Je vous crois ! Mais je ne vivrai pas jusque-là ! Déjà mes jambes sont mortes... Je ne peux plus les bouger ! Elles sont paralysées... Et je sens que, peu à peu, tout mon corps se paralyse... C'est à peine si je peux encore remuer les bras ! Que Sainte-Anne d'Auray me protège !

Aymeri ne trouva pas un mot, cette fois. Pendant quelques instants, le silence régna dans l'oubliette.

Aymeri reprit le premier la parole et ce fut pour raconter succinctement à son compagnon de misère comment il avait été fait prisonnier par les gens d'Espagne :

— Oh ! Si vous avez comme ennemi l'amiral de Ramirez, fit Trubert, amèrement, alors, vous ne sortirez jamais d'ici !... Le duc de Ramirez est le plus puissant personnage d'Espagne après le roi ! Il a fait périr déjà des centaines d'innocents... C'est un homme plus féroce qu'un tigre... Dans ce cachot, depuis que j'y suis, plus de trente personnes ont été jetées et n'en sont sorties que pour être torturées, brûlées vives ou pendues. Le geôlier qui m'apportait à manger ne me l'a pas caché... C'était un bonhomme, mais il est mort depuis longtemps...

« Ecoutez, messire ! Il y a un moyen de sortir d'ici... Je comptais l'employer pour moi, mais je ne le puis plus : il faudrait, pour cela, que je puisse encore marcher !

— Je vous porterai, moi ! s'écria Aymeri.

— Non. Ce n'est pas possible. Vous le verrez lorsque je vous aurai expliqué mon plan... Ah ! J'ai mis bien du temps à tout préparer... Je ne savais pas que l'humidité de cette oubliette me paralyserait ! Mais mon travail n'aura pas été perdu puisque vous en profiterez. Puissiez-vous revoir le soleil et les fleurs, messire ! Pour moi, je ne les verrai plus ! Si vous réussissez, dans deux jours, vous serez libre, et je...

Trubert s'interrompit : à travers la grille de fer fermant l'orifice de l'oubliette, une lueur rougeâtre venait de filtrer. Les prisonniers levèrent la tête et virent qu'on soulevait la grille.

Une échelle de corde fut jetée dans le vide et un gros homme, en qui les deux Français reconnurent Gaouya, en descendit lentement les échelons :

— Où est le chien galeux qui s'apepllc Crèvecœur ? gronda-t-il une fois arrivé en bas, en agitant autour de lui la lanterne dont il était muni.

CHAPITRE VIII

L'HOMME AU MASQUE DE DENTELLES

Aymeri frémit de fureur en s'entendant ainsi insulter par l'infâme Gaouya. Mais que pouvait-il faire ? Il était sans sans armes et enchaîné, à la merci du géant borgne. Il se borna à ne pas répondre.

— Où es-tu, porc pustuleux de Crèvecœur ? glapit Gaouya dont l'œil unique ne devait pas être bien perçant. Réponds de suite, si tu ne veux pas que je te rosse !

— Il est là ! Il n'a pas dû vous entendre ! fit Trubert, voyant qu'Aymeri s'obstinait à ne pas répondre.

Gaouya marcha vers le cadet de Crèvecœur et, de toutes ses forces, lui asséna un formidable coup de pied dans les côtes !

— Voilà qui t'ouvrira les oreilles ! dit-il en ricanant.

Il se baissa et, de sa main libre, souleva notre héros et le jeta sur son large dos. Puis, ayant atteint l'échelle, il commença à la gravir :

— Adieu, Trubert ! fit Aymeri.

— Adieu, messire ! Bonne chance !

En quelques secondes, Gaouya eut débouché du puits et posa son captif sur les dalles. Aymeri, sur l'injonction du géant, dut se relever et aller se placer entre quatre hallebardiers qui attendaient à quelques pas de là.

Ceux-ci l'entraînèrent aussitôt et l'emmenèrent dans une petite pièce où se tenait un homme enveloppé dans un simple manteau de drap noir et dont le visage disparaissait entièrement sous un masque de dentelles.

Sur un signe du mystérieux personnage les hallebardiers se retirèrent et refermèrent la porte sur eux.

L'homme masqué, lentement, marcha vers Aymeri qui était resté debout, immobile, au milieu de la pièce :

— Aymeri de Crèvecœur, dit-il d'une voix grave, en français, je veux faire quelque chose pour vous et essayer de vous arracher au bûcher qui vous attend pour piraterie !

— **Je ne suis pas un pirate, d'abord !** Je suis gentilhomme et n'ai rien fait qui mérite un pareil sort ! Je suis prêt à payer une honnête rançon pour ma liberté, et...

— Taisez-vous, jeune homme, et écoutez-moi ! Vos protestations sont inutiles : vous avez été pris à bord de de la felouque *Ysabeau* qui, depuis des années, se livrait à la piraterie, au point que le roi de France lui avait fait donner la chasse par ses escadres, et que son capitaine, le Gascon Terfadac, a été condamné à la potence par plusieurs juridictions tant françaises qu'espagnoles !

— J'ai été enlevé par ce Terfadac !

— Des mensonges ! Ils sont bien inutiles. Et taisez-vous ! Il dépend de vous d'être remis en liberté et d'obtenir une fortune... une grande fortune ! Cent mille écus d'or ! Cent mille écus d'or ! Plus que le roi de France n'en possède dans ses coffres ! Et, de plus je suis autorisé à vous remettre un beau castel dans le royaume d'Aragon où vous pourrez couler des jours paisibles ! Vous entendez ? *Cent mille écus d'or et un château* ! répéta lentement l'homme masqué.

Aymeri ne répondit pas. Il se demandait quelle proposition allait lui faire l'étrange personnage. Pas une proposition honnête, sûrement.

L'homme au masque, après avoir attendu pendant une demi-minute une réponse qui ne vint pas, reprit

— Pour obtenir cette fortune, l'on vous demande peu ! Ecoutez ! Nous savons que votre père, Hervé de Crèvecœur était très lié avec le maréchal de Castaings. Or, le maréchal de Castaings va être chargé par le roi François Ier de commander l'armée qui doit défendre la Provence... Ce que nous vous demandons est simple ! Vous vous présenterez au maréchal et lui demanderez de devenir un de ses officiers d'ordonnance... Il accédera sûrement à votre requête ! Vous capterez facilement sa confiance et en profiterez pour copier ses plans de campagne et les ferez parvenir à une personne que nous vous désignerons.. Nous nous...

— Vous me prenez pour un traître et un félon comme vous, messire ? interrompit Aymeri, pâle d'indignation.

L'homme masqué ne répondit que par un petit ricanement :

— Pas mal dit ! siffla-t-il. Mais vous parlerez autrement, mon petit gentil lôtre, lorsque vous aurez passé quelques heures dans la chambre de la torture. C'est pourquoi je veux finir de vous poser nos conditions, afin que vous puissiez y réfléchir !

« Si vous acceptez — et vous accepterez, j'en suis sûr ! — vous signerez un parchemin par lequel vous avouerez avoir reçu de nous dix mille écus d'or en échange des plans des nouvelles galères françaises : ces plans nous ont, en effet, été livrés par quelqu'un. Votre écrit prouvera que c'est vous : nous ne nous en servirons que si vous essayez de vous soustraire à vos engagements, ce qui, j'espère...

L'homme s'interrompit : Aymeri, bondissant vers lui, venait de lui cracher au visage.

— Petite vipère ! gronda-t-il en dégainant son épée. Je vais...

— Vous n'êtes pas qu'un félon, vous êtes aussi un assassin ? fit tranquillement Aymeri, sans reculer d'un pas.

L'homme fit entendre un grincement de dents et rengaina son arme :

— Il risque de passer, Monseigneur, si nous le laissons ainsi ! Les poids peuvent lui rompre l'épine du dos.

— Nous allons voir si tu parleras comme cela tout à l'heure, serpent ! dit-il.

Par trois fois, il frappa les dalles du talon de sa botte. La porte se rouvrit. Un hallebardier apparut :

— Conduisez cet homme à la chambre de la torture ! ordonna le sinistre personnage.

Le hallebardier se retourna et fit entendre un grognement. Trois de ses acolytes entrèrent.

Aymeri, impassible, fut poussé dehors. Il traversa plusieurs couloirs et pénétra enfin dans une salle voûtée n'ayant d'autre ouverture que la porte et qu'éclairait la lueur rouge et sinistre d'un réchaud de fer rempli de braises.

Non loin de ce réchaud, trois hommes à faces cruelles et brutales, accoutrés de larges tabliers de cuir, se tenaient assis sur une sorte de matelas posé sur des tréteaux :

— L'estrapade à ce truand ! De suite ! ordonna l'homme masqué qui était entré dans la chambre derrière Aymeri et son escorte.

Le cadet de Crèvecœur fut immédiatement dépouillé de son pourpoint par les hommes aux tabliers de cuir qui n'étaient autres que le bourreau et ses aides. Ils lui attachèrent les poignets au croc d'un palan pendant de la voûte et, lentement, le hissèrent jusqu'à ce que ses pieds ne touchassent plus les dalles. Ils s'arrêtèrent alors et lui attachèrent aux chevilles un lourd morceau de plomb...

Les muscles d'Aymeri craquèrent. Il lui sembla qu'on lui arrachait les bras et que ses chevilles et ses jambes étaient broyées par quelque horrible machine. Il serra les mâchoires et parvint à dominer sa souffrance et à ne pas crier :

— Un autre poids ! Deux, même ! gronda l'homme au masque.

Deux nouveaux morceaux de plomb furent attachés aux chevilles du malheureux garçon. Il ne cria pas, pourtant, mais la douleur dépassa ses forces ; il perdit connaissance et sa tête retomba, inerte, sur sa poitrine :

— Le chien ! Faites-le revenir à lui, drôles ! glapit l'homme masqué.

L'un des bourreaux aspergea le supplicié à l'aide d'une éponge imbibée de vinaigre

Aymeri poussa un long soupir, tressaillit, mais resta insensible :

— Il risque de passer, Monseigneur, si nous le laissons ainsi ! Les poids peuvent lui rompre l'épine du dos !

L'homme au masque serra les poings de rage :

— C'est bon ! Descendez-le et ramenez-le dans la basse-fosse ! Demain, nous recommencerons ! Nous lui brûlerons un peu les pieds ! Par la Vierge del Pilar, je le dompterai, ce petit gueux !

Aymeri, toujours inanimé, fut débarrassé des poids qui le distendaient et redescendu sur le sol.

Après quelques minutes, il revint à lui, et la première chose qu'il vit fut le masque de dentelles de l'inconnu, lequel s'était penché sur lui et le fixait de ses yeux cruels :

— Vous avez souffert, hein ? ricana-t-il. Eh bien, demain, ce sera encore mieux. Réfléchissez donc à ma proposition !

— Si vous cherchez des traîtres, fouillez votre pays, messire ! En France, il n'y en a pas ! parvint à répondre Aymeri avant de s'évanouir de nouveau.

Lorsqu'il reprit ses sens pour la deuxième fois, il constata qu'il se trouvait dans la basse-fosse.

— Trubert ! Trubert ! appela-t-il.

Rien ne lui répondit. Ce fut en vain qu'il réitéra ses appels : il dut se convaincre de l'affreuse vérité : Trubert n'était plus dans l'oubliette !

CHAPITRE IX

LE SECRET DE L'OUBLIETTE

Aymeri, pendant quelques minutes, resta immobile, étendu sur la vase de l'oubliette. La dernière épreuve qui l'accablait lui semblait la pire de toutes.

En Trubert, non seulement il perdait l'espoir de s'évader, mais, surtout, il perdait un ami, un compatriote. Il lui sembla que ses membres distendus par la torture le faisaient souffrir plus fort. Il dut faire appel à tout ce qui lui restait d'énergie pour ne pas laisser échapper un gémissement de douleur.

Il se contint, pourtant, en pensant que, sans doute, les geôliers apostés par le mystérieux individu au masque de dentelles l'épiaient.

Son énergie bretonne, peu à peu, lui revint. Il rassembla ses forces pour être en mesure d'affronter sans faiblir les supplices futurs qu'il allait endurer.

Dans ce but, il chercha une position commode, aussi commode que le permettaient les circonstances, pour dormir.

Il rampa doucement sur la vase dans le but d'atteindre la paroi de pierre enclosant le silo et contre laquelle il voulait s'appuyer.

Il n'avait pas franchi deux mètres que sa tête heurta un corps humain. Un faible gémissement s'en échappa.

Aymeri, stupéfié, reconnut la voix de Trubert.

— C'est vous, Trubert ? demanda-t-il, n'osant croire à la réalité.

— Oui... C'est vous, messire de Crèvecœur ? Ah ! J'étais évanoui... cela m'arrive souvent, et j'en remercie Dieu car je cesse ainsi de souffrir !... Vous m'avez fait revenir à moi en me heurtant... Je ne croyais pas que vous reviendriez, messire ! Tous ceux qui sont partis de cette oubliette sont morts pendus ou brûlés...

— Moi, j'ai été torturé... j'ai subi l'estrapade, expliqua Aymeri à voix basse. Et demain, je serai de nouveau tourmenté pour n'avoir pas voulu trahir le roi de France, notre sire ! J'ai les membres rompus !

— Demain, vous serez loin, messire, si vous voulez m'écouter et si vous pouvez marcher ! Je vais vous dire le secret... j'ai creusé une petite galerie dans le sol de l'oubliette... Cette galerie aboutit à un ancien aqueduc construit par les Mauresques au temps où le pays leur appartenait.

« C'est un vieil esclave barbaresque, qui est mort dans cette fosse, qui me l'a appris. La galerie est terminée ; vous n'aurez qu'à...

— A Dieu ne plaise que je profite de vos travaux, Trubert ! Ce serait déchoir de noblesse que de vous laisser ici, et moi, m'enfuir comme un rat ! Nous partirons tous deux ou nous resterons ici ensemble !

— Ah ! messire ! Voilà un raisonnement bien mauvais ! Moi, je vais mourir... je suis déjà plus qu'à demi mort ! Qu'importe que je meure ici ou dehors ? Tandis que vous, messire, vous pouvez vous soustraire à la méchanceté de ces gens d'Espagne ! Et vous ne le feriez pas ? Eh bien, je jure Dieu, messire, que, si vous ne fuyez pas, je me brise le crâne contre le mur ! Ainsi n'aurez-vous plus de motif de rester ici ! Foi de Breton, je le ferai !

Aymeri de Crèvecœur ne répondit pas ; il était trop ému pour cela.

— Je vais vous faire toucher l'endroit où se trouve l'entrée de la galerie, poursuivit Trubert d'une voix si faible que ce fut à peine si Aymeri l'entendit.

« Lorsque le moment de partir sera venu, je couperai vos liens avec mes dents. Pas avant, car les geôliers pourraient descendre et tout découvrir si vous étiez délié... Avancez un peu à ma droite... vous allez toucher la muraille ! Vous sentirez, à trois ou quatre coudées de vous, un tas d'ossements : ce sont ceux des malheureux qui ont péri ici... Ces os dissimulent l'entrée du souterrain que j'ai creusé. Il y en a beaucoup, mais ils sont faciles à enlever. Vous trouverez aussi les morceaux d'une cruche qui m'ont servi à creuser la galerie... Ils peuvent vous être utiles pour vous défendre, contre les rats... Vous avez trouvé ?

Aymeri, tandis que Trubert parlait, avait rampé dans la direction indiquée et avait senti, en effet, un énorme monticule d'ossements entassés contre la muraille :

— Oui, j'ai senti, répondit-il. Mais jamais je ne vous abandonnerai, quand bien même je...

Un choc sourd interrompit ces paroles.

— Qu'est-ce que c'est ? souffla Aymeri, surpris.

Un gémissement lui répondit seul :

— C'est vous, Trubert ? demanda-t-il, saisi d'un horrible pressentiment.

Et, dans les ténèbres, il rejoignit le paralytique.

— Oui, c'est moi ! répondit ce dernier. J'ai cogné ma tête contre la muraille... mais je suis trop faible... je me suis seulement étourdi ! Je voulais me briser le crâne et mourir afin que vous consentiez à fuir... Hélas ! je n'ai point réussi !

Des larmes jaillirent des yeux d'Aymeri :

— O Trubert, gémit-il, tu agis bien mal ! Si tu recommences, je jure que je ne sortirai point d'ici !

— Je ne recommencerai pas, messire ! Je viens de penser que, pour que vous puissiez fuir, il faut que je coupe vos liens avec mes dents ! Je vous promets de vivre jusque-là !

— Et de m'accompagner ! Je te traînerai !

— Oui, messire ! acquiesça Trubert avec un empressement qui eût donné à réfléchir à Aymeri s'il eût été plus âgé.

« Et maintenant, continua le paralytique, penchez-vous vers moi, messire, je vais com...men...cer...à...à...

Ce fut tout. Aymeri entendit un léger heurt contre le vase ; il était produit par la tête de Trubert qui venait de retomber en arrière. Le paralytique était évanoui ou mort.

Aymeri, à tâtons, colla son oreille contre la poitrine de son compagnon d'infortune et entendit le cœur battre faiblement. Trubert n'était qu'évanoui. Mais ce fut en vain qu'Aymeri tenta de le ranimer. Il le heurta de la tête, des pieds, des coudes, mais sans succès. Lui-même était épuisé par les souffrances subies.

Après une heure d'efforts infructueux, il abandonna la partie et retomba sans forces au côté du paralytique.

Sa fatigue était telle que, malgré ses angoisses et ses souffrances, il ne tarda pas à succomber au sommeil.

Un rude choc dans les côtes le réveilla.

Ouvrant les yeux, il reconnut, au-dessus de lui, éclairée par une lanterne de corne, la face sinistre de Gaouya qui le regardait en ricanant :

— On s'est reposé, mon petit chien de Français ? grommela l'immonde personnage. On dormait bien, *por Dios* ! Et maintenant, on va danser de nouveau dans la chambre de torture !

Ce disant, Gaouya empoigna Aymeri frémissant, le jeta sur son large dos, comme un sac, et grimpa l'échelle de l'oubliette.

Quelques instants plus tard, Aymeri était déposé sur le matelas de cuir du caveau où il avait subi l'estrapade.

L'homme au masque de dentelles était là, l'attendant. D'un geste de la main, il congédia Gaouya et les deux hallebardiers qui l'accompagnaient :

— Et alors ? demanda-t-il, lorsqu'il fut seul avec Aymeri. On a réfléchi, mon jeune coq ? Ou bien l'on veut encore goûter de l'estrapade ? Eh ! eh ! Je vois que tu es de bonne race, l'ami, ou bien c'est que cet imbécile de Gaouya vieillit et n'a plus la main, car tu as une mine diablement bonne ! Nous veillerons à ce que la seconde dose soit mieux appliquée, si la première ne t'a pas rendu plus raisonnable ! Tu m'entends ? Un castel dans la province d'Aragon, la plus belle d'Espagne, *démonios* ! et cent mille écus d'or, ou bien la torture jusqu'à ce que pas un de tes os ne soit entier !

— J'ai réfléchi. J'accepte ! fit tranquillement Aymeri.

L'homme au masque de dentelles ne devait certainement pas s'attendre à cette réponse car il sursauta comme s'il eût vu une vipère à ses pieds :

— Attention à ce que tu dis, mon maître ! dit-il d'un ton menaçant. Je n'aime pas qu'on se joue de moi, et je le montre à l'occasion ! Tu acceptes mes propositions ?

— Je les accepte. Que vous faut-il de plus ? demanda Aymeri.

— Tu acceptes de devenir aide-de-camp du maréchal de Castaings pour nous communiquer ses plans, et tu acceptes de signer un écrit reconnaissant que tu as reçu de nous dix mille écus d'or contre la livraison des plans des nouvelles galères françaises ?

— Oui, J'accepte ! Je pense que je parle clairement ! fit Aymeri sans se départir de son calme.

CHAPITRE X

L'HOMME AU MASQUE TRIOMPHE TROP TOT

La décision d'Aymeri semblait avoir complètement ahuri l'homme au masque de dentelles. Il se pencha sur notre héros et le regarda longuement, comme pour deviner ce qui se passait dans sa cervelle. Aymeri soutint ce regard sans sourciller.

Le mystérieux individu tourna la tête et, sans plus parler, se mit à marcher de long en large ; sans doute, réfléchissait-il aux motifs qui pouvaient avoir déterminé le prisonnier à changer d'avis.

Il s'arrêta enfin et, se plantant devant Aymeri, ricana :

— L'estrapade est bonne conseillère, hein, maître ?

— Quelquefois ! fit notre héros.

— Toujours ! affirma le mystérieux personnage d'un ton sentencieux. Et encore, tu n'as pas été trop secoué... Mais laissons cela !

« Tu vas commencer par me signer de suite le reçu de dix mille écus d'or que tu avoues soi-disant avoir reçu contre les plans des galères du roi de France. Ensuite, tu seras libre et un de nos vaisseaux te conduira à Gênes d'où tu regagneras la France. Mais je te préviens que tu es entre nos mains ! Tu devras être toujours en mesure de répondre à nos émissaires, si tu ne veux pas être livré au bourreau !

— Je le sais !

L'homme au masque de dentelles lança un nouveau et long regard à son prisonnier, puis s'étant approché de la muraille, tira un long cordon pendant du plafond et donna passage à Gaouya et à ses deux aides :

— Nous recommencerons l'estrapade, Monseigneur ? demanda le hideux borgne avec un sourire de chacal.

— Non. Va me chercher une écritoire et du papier ! Cours !

Le bourreau s'inclina et courut vers la porte dans laquelle il s'engouffra.

Il revint moins de cinq minutes plus tard avec un énorme in-folio supportant plusieurs feuilles de papier, un encrier de corne et quelques plumes d'oie soigneusement taillées. Il déposa le tout sur une petite table occupant un des angles de la salle :

— Porte le prisonnier devant cette table et délie-lui les mains ! Et ne le perds pas de vue ! ordonna l'homme au masque.

— Oui, Monseigneur !

Aymeri fut assis sur l'escabeau placé devant la petite table.

Gaouya, de son poignard, coupa les cordelettes retenant les poignets du prisonnier.

Aymeri soupira d'aise. Il frotta longuement ses articulations engourdies et tuméfiées par le contact des cordes et saisit enfin la plume d'oie :

— Dois-je écrire en français ou en espagnol ? demanda-t-il à l'homme au masque qui s'était approché de lui et l'observait en silence.

— En français ! répondit le mystérieux personnage. Et ne te trompe pas ! Ecris : Ce *mercredy*... Ah ! truand d'enfer !

Brusquement, avec la prestesse du tigre fendant sur sa proie, Aymeri, malgré les cordes retenant ses chevilles, s'était redressé. Sa main gauche avait saisi et arraché le masque de dentelles, tandis que sa droite s'était abattue, à toute volée, sur le visage maintenant découvert du mystérieux individu. Le soufflet, bien appliqué, claqua bruyamment sur la joue.

— Te voilà marqué, bandit ! Marqué et découvert ! s'écriait Aymeri. Je te reconnaîtrai, maintenant ! ! !

Il n'en put dire plus et s'affaissa sous l'étreinte de Gaouya qui lui avait sauté à la gorge ; il vit luire à quelques pouces de son visage l'acier de la lame du poignard du bourreau. Il crut sa dernière seconde venue.

Mais l'homme au masque clama d'une voix rauque :

— N'y touche pas ! N'y touche pas Il me le faut vivant ! Il sera brûlé vif ! Tu entends, truand ?

Aymeri entendit fort bien. Mais il regardait surtout.

Le mystérieux personnage était devenu livide. Son visage olivâtre, qui se terminait par une courte barbe noire taillée en pointe, était jaune de bile ; les yeux, injectés de sang, ressemblaient à ceux d'une bête féroce prise au piège.

L'homme, grinçant des dents, ramassa vivement son masque de dentelles qui gisait, tout froissé, sur les dalles, et, tant bien que mal, le rassujettit sur son visage :

— Lie-lui les poignets, et solide, Gaouya ! gronda-t-il d'une voix qui tremblait encore. Et rejette-le dans la basse-fosse ! Tu resteras devant la trappe, tu entends ! Ta vie me répond de lui ! Et, demain, au bûcher ! Ah ! Tu n'auras rien perdu pour attendre, Aymeri de Crèvecœur !

— Vous non plus, qui que vous soyez, messire l'espion ! rétorqua Aymeri.

L'homme se mordit les lèvres jusqu'au sang et, sans répondre, fit signe à Gaouya d'emmener le prisonnier.

Aymeri fut de nouveau précipité dans l'oubliette.

Son plan avait réussi au delà de ses espérances : non seulement, il avait vu le visage de l'homme au masque, mais encore on l'avait replongé dans la basse-fosse d'où, grâce à Trubert, il espérait bien s'évader.

Sa chute l'étourdit pendant quelques instants. Ses forces revenues, il rampa sur la vase molle de l'oubliette jusqu'à ce qu'il touchât Trubert.

Le paralytique n'était pas évanoui. Il était mourant :

— C'est vous, messire ? murmura-t-il si faiblement que notre héros eut peine à l'entendre. Ah ! Je suis content ! J'avais peur que vous ne reveniez pas... Et j'avais aussi peur de mourir avant que vous soyez revenu... J'ai encore un peu de force... Approchez vos poignets de ma bouche... je vais essayer de ronger vos liens... Dépêchez-vous car ma vie s'en va...

Aymeri, tremblant de douleur et de chagrin, acquiesça au désir de son malheureux compagnon. Il sentit les mâchoires tremblantes de l'agonisant se refermer sur les cordelettes enserrant ses poignets ; il sentit l'haleine brûlante du paralytique sur sa chair.

Quelques secondes s'écoulèrent. Trubert était au bout de ses forces. Ses mâchoires se desserrèrent soudain et cessèrent de se mouvoir :

— Je meurs, messire ! souffla le paralytique. Je ne... peux... plus... Je... ne peux... plus... Pardonnez-moi ! J'aurais tant... voulu... vou... lu... Messire ! Si vous allez à... Guin... gamp... il... y a ma... mère... près de... la grève... la dernière... maison... messire !... bonne... chance... Vous...

Un long soupir termina ces quelques paroles. Aymeri entendit la tête de son malheureux ami retomber sur la vase.

Instinctivement il fit un mouvement pour étendre les bras et serrer le mourant sur son cœur. Mais les liens, insuffisamment rongés par les faibles mâchoires du paralytique, résistèrent. Aymeri ne put que s'étendre aux côtés de Trubert.

L'infortuné, pendant quelques instants, hoqueta bruyamment. Puis il se tut. Il avait fini de souffrir.

Ce ne fut qu'après un long espace de temps qu'Aymeri s'aperçut qu'il était mort.

— Vous me paierez cela avec le reste, bandits d'Espagne ! gronda-t-il entre ses dents.

Oui, Trubert était mort. Il ne restait plus qu'à le venger. Et, pour cela, il fallait vivre, vivre et être libre.

Aymeri entreprit d'user ses liens en les frottant contre l'angle d'un moellon qui dépassait légèrement de la muraille.

En deux heures de travail, il vint à bout de sa tâche. Une dernière secousse lui permit de faire éclater les cordelettes retenant ses poignets. Il était épuisé. Mais il ne s'accorda pas une seconde de répit.

Tout d'abord, il dénoua les liens enserrant ses chevilles. Dès qu'il fut entièrement libre, il gagna à tâtons l'endroit où Trubert avait entassé les ossements humains dissimulant l'entrée de la galerie.

Patiemment, le plus vite, le plus silencieusement qu'il put, il entreprit de dégager l'orifice du souterrain... Plusieurs fois, il s'arrêta, une sueur froide coulant le long de son échine, en entendant du bruit. Ce n'étaient que des rats dérangés dans leur repos.

Aymeri travailla longtemps, sans s'arrêter.

Ayant rejeté les ossements hors de la cavité, il y descendit, et, à environ trois mètres au-dessous du sol, découvrit l'ouverture d'une galerie horizontale soutenue par une voûte de briques dont plusieurs s'étaient descellées. Evidemment, cette galerie n'avait pas été construite par Trubert. Elle était constituée sans doute par l'ancien aqueduc mauresque dont lui avait parlé le malheureux paralytique.

Aymeri, au risque de tout perdre, remonta dans l'oubliette, pour dire un dernier adieu à son malheureux compagnon d'infortune. Il pressa longuement le cadavre sur son cœur et, après un dernier serment de vengeance, se laissa glisser dans le souterrain.

CHAPITRE XI

SOUS TERRE

Le conduit dans lequel s'était engagé Aymeri ressemblait plutôt au travail d'une taupe qu'à un ouvrage humain.

La voûte de briques, construite par les Arabes, était éboulée en maints endroits ; le sol lui-même était recouvert d'une couche épaisse de vase molle apportée là par l'eau — au temps où l'eau circulait dans l'ancien aqueduc. Vase, briques éparses formaient autant d'obstacles à la marche.

Mais Aymeri avançait sans vouloir penser aux souffrances que lui causaient ses membres distendus par le supplice de l'estrapade.

Autour de lui, il percevait des bruits mous et précipités, — les rats qui fuyaient à son approche.

Il avançait. Sur ses mains et sur ses genoux, il progressait avec une lenteur désespérante.

Chacun de ses pas lui coûtait un nouvel effort. Tantôt, la voûte, affaissée, ne laissait entre elle et la partie inférieure du boyau qu'un espace tout juste suffisant à passer en se coulant à plat ventre.

Sans hésiter, Aymeri se glissait

— *Te voilà marqué, bandit ! Marqué et découvert ! s'écriait Aymeri. Je te reconnaîtrai maintenant !*

dans l'étroite fissure qui, souvent, s'écroulait derrière lui.

Plus loin, les briques éboulées obstruaient entièrement la galerie. Aymeri ne s'en apercevait qu'en heurtant rudement son crâne contre l'obstacle.

Il s'arrêtait. Avec patience, il retirait les briques une à une, doucement pour ne pas causer un nouvel éboulement. Il rejetait les briques derrière lui et, le passage, dégagé, reprenait son avance.

Autour de lui, c'étaient les ténèbres complètes. Le noir absolu. La chaleur qui régnait dans l'étroit conduit, augmentée encore par ses efforts continus, oppressait peu à peu le fugitif. Il haletait, respirant avec des difficultés de plus en plus grandes. Plusieurs fois, il fut sur le point d'abandonner sa tâche, de s'étendre sur le sol de vase tiède et d'y attendre la mort. Mais, à force d'énergie, il réagit contre sa faiblesse : un Crèvecœur s'avouer vaincu ? Jamais ! Il avancerait jusqu'à l'extrême limite de ses forces et son père, là-haut, n'aurait pas à rougir de lui !

Et il avança. Le conduit, peu à peu, s'élargissait, mais les éboulements, les affaissements de la voûte se faisaient de plus en plus fréquents, obligeant le fugitif à des efforts épuisants.

Aymeri, fou de souffrance et de fatigue, travaillait, rampait, empoignait et rejetait les briques avec la rapidité d'un automate.

La fièvre l'avait pris ; il claquait violemment des dents et des bourdonnements faisaient tinter ses oreilles. Il ne pensait plus et agissait presque sans savoir pourquoi.

Une faible lueur fit soudain cligner ses yeux habitués aux ténèbres. Il s'arrêta, se croyant le jouet d'une illusion. De ses doigts souillés de vase, il frotta ses paupières et regarda encore. La lueur existait bien. Une lueur grisâtre — la lueur du jour !

Aymeri était arrivé non loin de l'issue du mystérieux souterrain. Cette pensée lui rendit toutes ses forces. Il se remit à ramper le plus rapidement qu'il put. Mais il n'avait pas franchi dix mètres qu'un affaissement de la voûte l'arrêta de nouveau. Fébrilement, il se mit en devoir de se frayer un passage.

La clarté, arrivant jusqu'à lui, l'aidait à travailler. Malheureusement, il voulut aller trop vite dans sa hâte de sortir de ce boyau interminable.

Une brique, encore à demi engagée dans la voûte, l'empêchant encore de passer, il la saisit et, de toutes ses forces, l'attira à lui.

Des craquements retentirent : Aymeri voulut reculer. Il n'en eut pas le temps.

Toute une partie de la voûte, ébranlée par la secousse, s'écroula sur lui. Le choc des briques sur son corps fut si violent qu'il perdit connaissance.

Une douleur aiguë à la main le fit revenir à lui. Instinctivement, il retira son bras et entendit un petit cri aigu poussé par le rat dont la morsure l'avait ranimé. Il voulut se dresser. Mais, de la tête aux pieds, les briques, la terre l'enserraient.

Le sentiment de la situation lui revint. Il se souvint de la brique, de l'éboulement qu'il avait provoqué. Mais, aussitôt, l'idée lui vint qu'il n'était pas perdu.

Il n'était pas complètement enterré, puisque ce rat était parvenu jusqu'à lui ! Il essaya de se dégager en secouant la langue de terre et de briques qui l'enserrait. Mais des grincements menaçants, produits par les briques glissant les unes contre les autres, l'avertirent d'être prudent.

Doucement, lentement, il réussit à dégager son bras droit. Derrière lui, il sentit une cavité. L'une après l'autre, il parvint à retirer quelques-unes des briques qui l'oppressaient. Ce petit résultat l'encouragea.

Réprimant sa hâte, il se dégagea lentement et, après plusieurs heures de travail, distingua de nouveau la lueur du jour.

Dès qu'il fut libre de ses mouvements, il travailla à se frayer un passage vers la clarté. Il y parvint à force d'énergie.

Ayant dépassé l'endroit où la voûte s'était écroulée, il avança avec une facilité relative : le souterrain s'élargissait de plus en plus et ses parois étaient en meilleur état. Entre les interstices des briques, des plantes parasites avaient poussé, retenant les terres.

Maintenant, c'était le grand jour. Encore quelques pas, et Aymeri distingua le ciel bleu entre les branches d'un épais buisson dont la masse verte obstruait complètement l'orifice de la galerie.

Notre héros, sur les mains et sur les genoux, atteignit le buisson. Mais ses malheurs l'avaient rendu prudent. Avant de sortir, il voulut savoir où il était. A travers les branchettes, il distingua quelques arbres, des plantes incultes.

Après une brève réflexion, il résolut de rester dans le souterrain jusqu'à la nuit. Les Espagnols, c'était certain, devaient s'être aperçus depuis longtemps de sa fuite. Mais qu'importait ? Ils ignoraient l'existence de l'ancien aqueduc et, lorsqu'ils la découvriraient, les nombreux éboulis qui s'étaient produits derrière le fugitif les empêcheraient d'avancer.

De plus, Aymeri se sentait complètement à bout de forces et d'énergie. Ses mains étaient en sang. Ses jointures, surtout celles de ses jambes, lui causaient d'intolérables douleurs. Il s'étendit sur la terre humide et, à la minute suivante, dormit.

Lorsqu'il s'éveilla, c'était nuit noire. Aymeri, en ouvrant les yeux, ne vit que les ténèbres. Tout d'abord, il crut avoir rêvé et se trouver encore au milieu du souterrain. Mais le souffle de la brise nocturne le rappela au sentiment de la réalité. Il se rassura. C'était la nuit. Il n'avait plus qu'à profiter de l'obscurité pour sortir du souterrain et fuir.

Fuir ? Mais où ? Son évasion devait être signalée. Son signalement donné à toutes les autorités. Il était épuisé et sans un maravédis. Où aller ? Il fallait pourtant quitter le souterrain où les Espagnols risquaient de le découvrir d'un moment à l'autre.

— Partons toujours d'ici, nous verrons bien ensuite ! pensa Aymeri. Il voulut se dresser. Mais ses jointures ramollies par le repos, avaient enflé durant son sommeil et se mouvaient avec peine et douleur.

Aymeri, surmontant sa souffrance, rampa vers l'orifice du souterrain. Il passa à travers le buisson qui en dissimulait l'entrée et put enfin se dresser.

Il regarda autour de lui. Il vit un immense jardin inculte et entre les arbres, un pan de mur écroulé. Pas un bruit.

Aymeri, rassuré, avança lentement à travers les buissons et les ronces. Il atteignit le mur sur lequel, péniblement, il se hissa.

Au loin, vers l'Ouest, il distingua un amas de maisons dont quelques-unes étaient éclairées. Ce devait être Cadix.

Aymeri pensa qu'il se cacherait peut-être plus facilement dans la grande ville que dans la campagne.

Malgré sa fatigue, les souffrances que lui causaient ses membres endoloris, malgré la soif qui lui brûlait le gosier et la faim qui lui tordait l'estomac, il se laissa glisser en bas du mur et, aussi vite qu'il le prit, marcha dans la direction de Cadix.

En quelques minutes, il en eut atteint les premières maisons. La ville était endormie. La nuit devait être fort avancée.

Un vent âpre soufflait du Nord. Aymeri frissonna et, pour se réchauffer, hâta le pas le plus qu'il put. Il atteignit un carrefour où plusieurs ruelles débouchaient.

Au hasard, il prit celle qui se trouvait devant lui. Mais il n'avait pas franchi cinquante mètres qu'un bruit de pas, tout proches, le fit tressauter. Presque aussitôt, il distingua une lueur rougeâtre, la lueur d'une torche.

Il regarda autour de lui dans l'espoir de découvrir quelque recoin où se dissimuler. Il ne vit rien. Toutes les portes étaient fermées. Aucun retrait. Et les pas se rapprochaient.

Aymeri fit demi-tour, mais une rude voix glapit en espagnol :

— *Hombre !* Que fais-tu dehors à cette heure ! Avance qu'on te voie !

Le fugitif se retourna et distingua quatre archers armés d'arquebuses, et dont l'un tenait une grosse torche qui brûlait en pétillant.

CHAPITRE XII

LE CANOT DE LA GALÉASSE

— Si j'obéis ! pensa Aymeri, je serai instantanément reconnu et ramené en prison. Ensuite, le bûcher. Tandis que, si je fuis, je risque d'échapper à ces Espagnols. Donc, mieux vaut tenter de leur glisser entre les mains !

Il se fit cette réflexion en moins d'une seconde et fonça droit devant lui. Des hurlements saluèrent sa fuite. Il entendit les pas précipités des Espagnols qui bondissaient à sa poursuite.

Mais Aymeri était bon coureur. Comme par miracle, sous l'influence du danger, ses forces lui étaient revenues ; ses jarrets, enflés et raides, s'étaient assouplis. Il courait avec une merveilleuse agilité. Il courait pour sauver sa vie.

Les unes après les autres, il enfila d'innombrables ruelles ; mais il entendait toujours derrière lui les pas des Espagnols et leurs appels.

Des fenêtres s'ouvraient à son passage, et se refermaient aussitôt, les bons habitants de Cadix ne tenant pas à se mêler de ce qui ne les regardait pas.

La troupe des archers devait s'être accrue, car Aymeri crut bientôt entendre des pas plus nombreux. Il n'en courut que plus vite, contourna des pâtés de maisons, puis, profitant qu'il

Aymeri, surmontant sa souffrance, rampa vers l'orifice du souterrain.

était hors de vue de ses poursuivants, il escalada rapidement le mur d'un jardinet, traversa ce dernier sans s'arrêter et franchit la muraille qui le délimitait du côté opposé.

Il se trouva dans une grande rue déserte qu'il traversa ; il s'engagea alors dans un dédale de ruelles tortueuses, au sol poussiéreux semé d'immondices.

Maintenant, il n'entendait plus rien ; les Espagnols, c'était certain, devaient avoir perdu ses traces. Il ralentit sa course pour souffler. Cette fois, il n'en pouvait plus.

Un grand tremblement l'avait saisi et le secouait avec violence. A plusieurs reprises, il faillit tomber.

— Si je rencontre d'autres archers, pensa le pauvre garçon, je suis perdu !

Il ne rencontra personne, mais, soudain, au détour d'une rue, aperçut devant lui le port. Dans un angle, il reconnut, ancrées à quelques encâblures du rivage, les trois galéasses qui avaient détruit l'*Ysabeau* et mis un terme à la carrière du sieur Terfadac.

Rien ne bougeait à bord. On les aurait dites abandonnées, n'eussent été les fanaux suspendus à leurs proues et à leurs poupes. Un petit canot, qui devait servir le jour à transporter les provisions et les marins, était attaché au câble de l'ancre de l'une d'elles.

Ce canot !... C'était un moyen de salut. Aymeri pensa aussitôt à s'en emparer. Avec lui, il gagnerait le large et se fierait à la chance pour être recueilli par un navire.

Mais si ce navire était espagnol ? Eh bien ! le fugitif se ferait passer pour castillan. Il parlait assez bien cette langue, comme tous les jeunes gens de la noblesse à l'époque. Au surplus, il verrait.

Et, s'il lui fallait mourir, il préférait de beaucoup mourir englouti par la mer, libre, que brûlé vif, ignominieusement, sous les huées des ennemis de son pays.

Sa résolution fut prise immédiatement. Sans se demander s'il aurait la force de nager jusqu'au canot, sans penser aux factionnaires qui, sûrement, devaient veiller sur le pont des galéasses, il s'assura d'un coup d'œil que le quai était désert et, l'ayant traversé, se laissa glisser à la mer.

La fraîcheur de l'eau le fit frissonner, mais ranima ses forces défaillantes. Lentement, il nagea vers le canot.

C'était une nuit noire, sans lune ni étoiles, heureusement, et la brise du Nord produisait un léger clapotis qui, s'il gênait les mouvements du nageur, empêchait qu'il fût aperçu.

Plusieurs fois, Aymeri, épuisé, faillit couler. Il avala de nombreuses rasades d'eau salée. Mais, peu à peu, la distance qui le séparait du bienheureux canot diminuait.

Il n'en fut bientôt plus qu'à quelques encâblures. Il ralentit encore sa nage. A l'avant de la galéasse au câble de laquelle était attaché le canot, notre héros distinguait la silhouette d'un marin espagnol, le factionnaire.

L'homme, heureusement, regardait du côté du large, et, par conséquent, tournait le dos à Aymeri.

Le fugitif, lentement, se rapprocha encore. D'un dernier effort, il atteignit le câble de l'ancre de la galéasse et s'y agrippa pour reprendre des forces.

Il resta ainsi immobile pendant dix bonnes minutes ; il claquait si violemment des dents qu'il lui semblait qu'on dût l'entendre du pont du navire espagnol. Mais rien ne bougeait.

Aymeri, un peu reposé, s'approcha du canot et posa ses deux mains sur le bordage pour l'escalader. Mais le mouvement de balancement, qu'il imprima ainsi à l'embarcation, en s'y appuyant, eut un résultat inattendu : un homme, un marin, qui était étendu au fond du canot, se redressa soudain et apparut debout, dominant Aymeri.

— Qu'est-ce que c'est, *Dios santissima ?* grommela-t-il. Quel est le voyou qui...

Aymeri comprit que son sort se jouait. Il se montra à la hauteur de la situation. Sans répondre au marin à demi endormi, il exécuta un souple rétablissement qui le fit retomber dans le canot.

Ce fut si rapide que l'Espagnol, surpris, recula en portant la main à sa ceinture d'où il sortit un large couteau catalan.

Mais Aymeri le prévint. Sautant en arrière, notre héros saisit une gaffe posée sur les bancs, et, de toutes ses forces, en projeta la pointe vers la tête de son ennemi.

L'Espagnol, qui levait le bras pour le frapper, reçut le coup en plein front. :

— Enrique ! A moi ! Trahison ! hurla-t-il avant de retomber, le crâne ouvert, au fond de l'embarcation.

Sur le pont de la galéasse, un homme accourut.

Aymeri l'entendit parfaitement et comprit que tout allait être découvert. Il ramassa précipitamment le couteau échappé de la main du marin, et, d'un revers, coupa la corde retenant le canot au câble de l'ancre.

L'embarcation, libérée, commença immédiatement à dériver sous l'action du vent et s'éloigna du vaisseau.

Aymeri se baissa pour prendre les avirons. Il faillit pousser un cri de joie en apercevant dans le fond du canot un mât avec sa voile enverguée.

Au cours de son existence, il avait fréquemment conduit des embarcations sur la côte bretonne. Il en connaissait à merveille le maniement et le gréement.

Le plus vite qu'il le put, il souleva le mât, le plaça dans son emplanture, fixa les haubans devant le maintenir et largua la voile.

La brise, très forte, faillit aussitôt faire chavirer la petite embarcation qui pencha dangereusement. Mais Aymeri, sans lâcher l'écoute, avait saisi la barre ; il redressa facilement le canot qui fila sur l'eau noire, vers la sortie du port.

Sur la galéasse, des cris retentissaient ; des ordres s'entrecroisaient. Aymeri vit des lumières apparaître de l'avant à l'arrière du vaisseau espagnol ; l'alarme avait été donnée par le factionnaire.

Un canon tonna lugubrement. Aymeri crut voir plusieurs embarcations se détacher des flancs de la galéasse. Il ne s'en émut pas. Il avait déjà une avance considérable, la brise était forte, la nuit noire ; avec tous ces atouts, il espérait bien échapper à ses ennemis.

Tout d'abord, il voulut se débarrasser du cadavre de l'Espagnol qu'il avait tué. Ayant assujetti la barre, il se pencha sur le corps inerte du marin.

Comme il l'empoignait pour le faire

basculer, il sentit sous ses doigts une grosse gourde suspendue à la ceinture du mort. Il la détacha, la déboucha et en flaira le contenu.

C'était du vin. Aymeri eût préféré cent fois de l'eau. Mais il n'avait pas le choix ! Il porta le goulot à ses lèvres desséchées et but longuement.

Sa soif en fut un peu calmée et ses forces ranimées. Il souleva alors le corps du marin et le précipita dans les flots.

Après quoi, il se rassit à la barre. A mesure que le canot s'éloignait du port, les vagues devenaient de plus en plus fortes, menaçant à chaque instant de submerger la frêle coquille de noix.

Un novice ou un marin inexpérimenté se fût noyé vingt fois. Mais Aymeri n'avait pas pour rien passé sa jeunesse sur les côtes de Bretagne ; la mer n'avait pas de secrets pour lui.

Il était au contraire tout heureux de voir les lames grossir, en pensant qu'elles retarderaient la poursuite des Espagnols et lui permettraient de leur fausser définitivement compagnie.

S'étant retourné, il vit que, pour le moment, il n'en était rien. Trois grandes chaloupes, toutes voiles dessus, dansaient sur les flots noirs, se dirigeant sur lui, et elles semblaient gagner sur le petit canot...

Lire la suite de LE CADET DE CRÈVECŒUR dans le volume qui paraîtra la semaine prochaine sous le titre :

La Galère de Kaireddin

Et dont nos lecteurs trouveront le début à la page suivante.

La Galère de Kaireddin

CHAPITRE PREMIER

TEL EST PRIS QUI CROYAIT PRENDRE

Aymeri, malgré le péril, ne désespéra pas encore. Le vent, en effet, redoublait à mesure qu'il avançait vers le large, un vent d'une violence, comme disent les marins, à décorner des bœufs.

En toute autre circonstance, Aymeri eût traité de fou le téméraire assez hardi pour s'aventurer sur une mer pareille. Mais, pour lui, il n'avait pas d'autre alternative : ou risquer la noyade, ou se rendre aux Espagnols et être ensuite brûlé vif.

Il continua donc à filer vers le sud ; la voile du canot, tendue à craquer, semblait vouloir se déchirer à chaque effort du vent : mais elle tenait bon et entraînait la minuscule embarcation qui bondissait d'une vague à l'autre, tantôt ensevelie entre deux hautes lames, tantôt en équilibre sur la crête écumante d'une montagne d'eau noire.

Les chaloupes espagnoles, malgré le péril qu'elles couraient, elles aussi, continuaient la poursuite. Aymeri pouvait distinguer leurs voiles triangulaires qui se détachaient nettement en noir sur l'écume phosphorescente des vagues.

Evidemment, les Espagnols devaient avoir deviné qui était le fugitif, et les ordres les plus sévères avaient été donnés pour le reprendre coûte que coûte.

Le vent, cependant, redoublait de violence. Plusieurs fois, Aymeri dut lâcher l'écoute de la voile qu'il tenait à la main, pour empêcher le canot de chavirer.

Les Espagnols, malgré leur acharnement, diminuèrent de toile ainsi qu'Aymeri s'en aperçut. La distance entre le canot et les trois chaloupes, si elle n'augmenta pas, demeura stationnaire.

Une heure durant, la poursuite continua. Par instants, Aymeri, n'apercevant plus ses poursuivants, croyait qu'il avaient abandonné la partie ; mais un éclair lui montrait peu après les trois embarcations qui tanguaient sur la crête des lames.

Le jour n'était pas loin. Vers l'est, une mince bande grisâtre apparut au ras de l'horizon. Elle s'élargit et, bientôt, envahit entièrement le ciel.

Une clarté jaune, filtrant à travers la masse sombre des nuages, révéla l'apparition du soleil : le vent, loin de se calmer, redoubla en furie. Les vagues devinrent encore plus monstrueuses.

— Buvons un peu de vin avant de boire de l'eau ! murmura plaisamment Aymeri pour se donner du courage.

Et il porta à sa bouche la gourde de vin prise au marin espagnol. Ses lèvres, gercées par le sel, en serrèrent avidement le goulot. Il but longuement jusqu'à la dernière goutte du réconfortant liquide.

Il se dressa alors pour jeter la gourde vide à la mer, et ce mouvement lui fit distinguer, vers le sud, une mince ligne noirâtre qui se confondait presque avec les nuages : la terre !

(*A suivre.*)

Imprimerie Charaire, à Sceaux. — 4427-8-25.

Le Volume 45 cent. — Le Volume 45 cent.

Collection d'Aventures

TITRES DES VOLUMES PARUS (Suite.)

N°	Titre	Auteur
353.	Le Canon Nocturne	J. Aleyrac.
354.	La Vallée des Cerfs	J. Aleyrac.
355.	L'Ile aux Lingots	Pierre Adam.
356.	Les Hommes Violets	Pierre Adam.
357.	Le Poteau Vivant	Pierre Adam.
358.	Le Prince Napoudja	G. Choquet.
359.	Les Adorateurs du Serpent	G. Choquet.
360.	Les Assommeurs du Mananpour.	G. Choquet.
361.	Le Temple des Tortues	G. Choquet.
362.	La Fosse aux Tigres	G. Choquet.
363.	Le Téléluz	J. Moselli.
364.	Les Diamants du Désert	J. Moselli.
365.	Les Rois du Rifle	Jo. Valle.
366.	Les Condors de la Sierra	Jo. Valle.
367.	Le Vallon du Tonnerre	Jo. Valle.
368.	La Clé d'Argent	A. Romagny.
369.	L'Homme Roux	A. Romagny.
370.	A Travers le Yunnan	G. Choquet.
371.	Le Défilé d'Enfer	G. Choquet.
372.	La Mine d'Or du Naufragé	J. Aleyrac.
373.	Au fond du Puits	J. Aleyrac.
374.	Le Trésor du Corsaire	D. Ramières.
375.	Jehan, le Frivolet	M. Savigny.
376.	Le Reître Rouge	M. Savigny.
377.	Le Nain du Kingstown	R. Préval.
378.	Les Morts Vivants	R. Préval.
379.	Le Bataillon de la Révolte	R. Préval.
380.	La Main noire allemande	G. Mériel.
381.	Les Geôles boches	G. Mériel.
382.	Le fils du Condamné	Pierre Gallien.
383.	L'Empreinte sanglante	Pierre Gallien.
384.	La Torpille aérienne	A. Romagny.
385.	Chez les Pygmées	J. Aleyrac.
386.	La Forêt souterraine	J. Aleyrac.
387.	Passe-Partout, le petit Eclaireur	F. d'Argelles.
388.	Les Forceurs de blocus	F. d'Argelles.
389.	Le Géant noir	F. d'Argelles.
390.	Le Roi des Forêts	F. d'Argelles.
391.	Le Nègre blanc	F. d'Argelles.
392.	Les Fantômes du Souterrain	F. d'Argelles.
393.	Le Paquebot vengeur	F. d'Argelles.
394.	La Mort du Fauve	F. d'Argelles.
395.	Sauticot, gamin de Paris	Jacques Rinet.
396.	Une Poursuite mouvementée	Jacques Rinet.
397.	La Capture d'un bandit	Jacques Rinet.
398.	La Bague à secret	S. Freidy.
399.	La Main criminelle	S. Freidy.
400.	A travers la Jungle mystérieuse	S. Freidy.
401.	La Fiancée du Maharajah	S. Freidy.
402.	La Cachette introuvable	S. Freidy.
403.	Aventures d'un gentilhomme français chez les Gantois	J. Bernard.
404.	Le Pardon d'un roi	J. Bernard.
405.	L'Héritage de B.-P. Selton	A. Romagny.
406.	Les Victimes du « Loup Blanc »	A. Romagny.
407.	Timor, le pirate	A. Romagny.
408.	Le Valet de chambre milliardaire	A. Romagny.
409.	La Vengeance d'un forban	A. Romagny.
410.	L'Esclave du silence	Guy Tong.
411.	Prisonniers du Chancelier rouge	Guy Tong.
412.	Ruse d'Espionné	Guy Tong.
413.	Le Plan de Lilian Malkiel	Guy Tong.
414.	L'Etrange pouvoir d'un fakir	Guy Tong.
415.	Le Triomphe de l'homme sans nom	Guy Tong.
416.	Le Sire de Kergorec	José Moselli.
417.	Yves le Corsaire	José Moselli.
418.	Les Fourberies de Scafati	José Moselli.
419.	Le Roi des Incas	José Moselli.
420.	Le Savant Doublezède	José Moselli.
421.	Les Naufragés du Haï-Nan	P. Adam.
422.	La trouvaille fatale	P. Adam.
423.	Les Revenants du lac Khanka	P. Adam.
424.	Le Trésor du Comte Doudisky	P. Adam.
425.	L'Homme à la Carabine	J. Moselli.
426.	Assiégés par les Convicts	J. Moselli.
427.	L'Auberge du Nandou	J. Moselli.
428.	Capturée par les Canaques	J. Moselli.
429.	Les Diamants de l'Idole	J. Moselli.
430.	La Mission du Cardinal	J. Mahan.
431.	L'Evadé de la Bastille	J. Mahan.
432.	Au Palais du roi de Siam	J. Mahan.
433.	Face de Fer	J. Mahan.
434.	La Momie Verte	J. Frick.
435.	Le Supplice de Tantale	R. Gatien.
436.	Les Dangers de la Forêt Vierge	R. Gatien.
437.	L'Infernal Châtiment	R. Gatien.
438.	Martin Daltier, détective	Maxwel Scott.
439.	A la merci des flots	Maxwel Scott.
440.	Les Documents volés	Maxwel Scott.
441.	L'Etoile du Pendjab	Paul Darcy.
442.	Le Sanctuaire des Honcas	Paul Darcy.
443.	Le Capitaine Fière-Lame	S. Walkey.
444.	L'Ile fantastique	S. Walkey.
445.	Le Chemin du Trésor	S. Walkey.
446.	Les Mystères de la mer de Corail	J. Moselli.
447.	Le Secret de Wung-Hi	J. Moselli.
448.	Les Chasseurs de Têtes	J. Moselli.
449.	La Jonque perdue	J. Moselli.
450.	Aux prises avec les Cannibales	J. Moselli.
451.	Poursuivis par les Requins	J. Moselli.
452.	Un Drame chez les Fous	J. Moselli.
453.	Les Chinois du « Tasmanien »	J. Moselli.
454.	L'Or de la « Fleur des Eaux »	J. Moselli.
455.	L'Usine infernale	P. Adam.
456.	L'Escorte invisible	P. Adam.
457.	L'Evasion de Philibert	P. Adam.
458.	Le Breuvage magique	P. Adam.
459.	L'Implacable Vengeance	P. Adam.
460.	Le Secret du Lynx	J. Sarpi.
461.	A la recherche d'un héritage	J. Sarpi.
462.	La Cave aux diamants	J. Sarpi.
463.	A la poursuite de Paterson	J. Sarpi.
464.	Le Mort vivant du « Black-Cross »	J. Sarpi.
465.	La Fortune de l'oncle Thomas	J. Sarpi.
466.	L'Absent	Jo. Valle.
467.	L'Heure de la Justice	Jo. Valle.
468.	La Mission d'Henri Mortier	Paul Darcy.
469.	L'Auto Mystérieuse	Paul Darcy.
470.	Un Gentilhomme cambrioleur	Paul Darcy.
471.	L'Homme de la nuit	Paul Darcy.

Tous ces volumes sont expédiés *franco* à domicile sur demande accompagnée d'un mandat et adressée à l'Administration, 3, rue de Rocroy, Paris (X^e). Ajoutez au prix de chaque volume **15** centimes pour le port.

www.ingramcontent.com/pod-product-compliance
Ingram Content Group UK Ltd.
Pitfield, Milton Keynes, MK11 3LW, UK
UKHW021033180726
13838UKWH00004B/1782

9 782329 195094